有家回，
有人等

赵德发 / 著

重庆出版集团 重庆出版社

图书在版编目（CIP）数据

有家回，有人等 / 赵德发著. — 重庆：重庆出版社，2022.1
ISBN 978-7-229-16088-3

Ⅰ.①有… Ⅱ.①赵… Ⅲ.①随笔—作品集—中国—当代 Ⅳ.①I267.1

中国版本图书馆 CIP 数据核字 (2021) 第 206896 号

有家回，有人等
YOUJIA HUI, YOUREN DENG
赵德发 著

责任编辑：	陶志宏　张　蕊
策　　划：	白　翎　玉　儿
特约策划：	王万顺
责任校对：	杨　婧
装帧设计：	璞茜设计

重庆出版集团
重庆出版社 出版

重庆市南岸区南滨路 162 号 1 幢　邮政编码:400061　http://www.cqph.com
观见文化工作室制版
天津行知印刷有限公司印刷
重庆出版集团图书发行有限公司发行
E-MAIL:fxchu@cqph.com　邮购电话:023-61520646

全国新华书店经销

开本：787mm×1092mm　1/32　印张：8　字数：166 千
2022 年 1 月第 1 版　2022 年 1 月第 1 次印刷
ISBN 978-7-229-16088-3

定价：52.00 元

如有印装质量问题，请向本集团图书发行有限公司调换：023-61520678

版权所有　侵权必究

万家灯火,总有一盏为你而亮

无论多晚,灯亮的地方总有人在等你。
世界再冷,等你回家的人,会一直温暖着你的心。

老家的年 3

母亲走后的春天 16

父亲的钢枪、肠胃及其他 22

今日刮哪风 48

基因 56

姥娘 82

我的羊性 101

目录

鸟要有巢,人要有窝

故乡,在每一个红尘渡口,
滋润着情怀,丰盈着生命。

南山长刺 109

故乡的老房子 116

白纸黑字 120

呼唤肌肉 127

学堂 134

车轮滚滚,宿命难逃 138

崮下 147

蒙山萱草 165

突如其来"人类世" 169

杨花似雪,忧思如霰 192

鸡司一晨 198

走走停停,皆是风景

来无所从,去无所着。
走走停停,看遍沿途风景;
来来往往,洗尽人世铅华。

记忆是什么 203

阴阳交割之下 213

邂逅蟹群 219

拜谒龙山 225

在山旺读书 229

农者之舞 234

槿域墨香 240

城堡上空的蒲公英 245

万家灯火,总有一盏为你而亮

无论多晚,灯亮的地方总有人在等你。

世界再冷,等你回家的人,会一直温暖着你的心。

老家的年

寒潮

腊月二十七,我与这个冬天最凶狠的一股寒潮同时到达莒南县相沟乡宋家沟村。村里村外朔风怒号,我三弟的养鸡大棚里却热气腾腾:我侄女生了孩子,这天"铰头",大棚里生了两个大火炉,摆了八桌喜酒。弟弟和我一样,没有儿子,女儿却比我多出一个。大女儿招了个倒插门女婿,费县人,姓丁。小丁幼年丧父,母亲改嫁,兄弟俩跟着爷爷长大。长大之后没有能力在当地盖新房娶媳妇,老大就去离我村四里远的一个山村当了上门女婿,几年后得知我侄女也打算招婿上门,就托人将他弟弟介绍过来。定亲的时候我见过这小伙,他长相尚可,人也老实,只是极少说话。孩子"铰头"这天,他本应到宴席上敬酒的,但他没去,听我妹妹说,他一直待在我侄女的房子里,默默地为孩子烤尿布。他哥大丁这天也没来，听人说，他正跟岳父岳母怄气。前几天大丁清理牛栏，铲伤了一条牛腿，他说是牛粪上冻，铁锨发滑，属于误伤，而岳父岳母却说他是故意的。听说了此事，看着眼前这个无人敬酒的宴席，我心中的寒意浓浓重重。

这次寒潮真是厉害。二十八这天早晨，我母亲从鸡窝里拣了个鸡蛋，上面竟有一个大口子，里面的蛋清蛋黄成了固体。二十九这天夜间，我睡着睡着忽然醒了，觉得右腿后面有一根筋在疼，明明白白是坐骨神经出了问题。我想，铺了两层，盖了两层，不至于冻坏吧？然而第二天去墓地上坟时，我的两条腿一齐闹起别扭，迈步十分吃力。想想小时候，冬天比现在更冷，曾经冷到零下十八度，可我身上一床破被，身下一领芦席，早晨起来依旧生龙活虎，不禁痛恨现今本人的腐朽。上坟回家，我说了这情况，母亲立马把她铺的电热毯抽出来，拿到西屋铺到我的床上。我说我不要，把你冻坏了怎么办，她说东屋有炉子，没事儿。说话间电热毯铺好，母亲打开开关，让我赶紧暖一暖。我躺上去试试，两条腿果然舒服。睡过一夜，症状大减，到我初二离家的时候，坐骨神经已经恢复到我从娘胎里出生时的状态，服服帖帖安安静静。母亲2005年病得很重，卧床达八个月之久，经我们兄妹多方求医，在莒县一位中医大夫那里讨得良药，才让她慢慢好了起来。现在她年近八十，能做饭，能做针线活儿，有时候还下地给我三弟帮忙。尤其是，这次寒潮袭来，她还能让我感受到母爱的温暖，多好呵。

苏苏她娘

母亲告诉我：苏苏她娘跑了。我问苏苏她娘是谁。母亲说：你洪生叔的儿媳妇呀。赵洪生是我的一个堂叔，已经去世十来年，他的大儿子也在五年前病死。二儿子外出打工，经人介绍，找了个河南姑娘结了婚。母亲说，小两口起先过得还行，很快生了个丫头，现在已经三岁。可是两个月前的一天，苏苏她娘突然就不见了。村里人说，她是嫌男人不好，日子太穷，找她的野男人去了。也不知她和野男人藏在哪里，反正苏苏她爹找了许多地方也没找到。不过，有和苏苏她娘熟悉的人接过她的电话，那女人打听孩子想不想她。接电话的人说：能不想吗，你快回来吧。腊月二十四，过"小年"的这天晚上，苏苏她爹正在家里伺候孩子，他的外甥女突然跑来，说苏苏她娘来了短信，她刚给孩子送来了衣服。苏苏她爹到院里找，发现拖拉机上果然有一身小衣服。事后，苏苏她爹向人说，那天晚上他是听到门外有车声。再后来，村里人没见这孩子穿新衣服，问怎么回事，苏苏她爹说，买得不合适，小了。

总支书记

2008年年初，我在网上看到新加坡《联合早报》上有一条新闻：《中国农村出现大村庄发展趋势》，其中特别提到山东省莒南县实行了"大村制"，行政村由原来的上千，一下子减掉了七百。我打电话问我父亲，他说不假，咱这里三个村已经合并，成了宋家沟社区。我想，这样很好，中央实行"大部制"，农村实行"大村制"，体现了中国政治改革的推进。我问谁是社区负责人，父亲说，还没定下。

其实，宋家沟在过去几百年间一直是一个村，1961年才分成三个，我父亲从1965年开始，当过二十年的二村党支部书记。然而村子分了，宋家沟的人在心理上并没有分。至今每到过年，三个村的几个老干部都要聚一聚，喝一气。今年腊月二十八，他们又到了我父亲家中，另外还有担任二村书记多年的宋维盈。我问宋维盈，村子合并之后是什么职务，他挥着筷子说，甭提这事，甭提这事。

这时候，一位老干部指着宋世堂说，这才是真正的总支书记，大家点头称是。我从小就知道，宋世堂是中国共产党在宋家沟最早撒下的种子，从隐蔽到公开，从组织减租减息到闹土改、搞合作化。宋世堂现在已经八十有五，耳聪目明，前些年每逢村里死了人，他都应邀前去主事。听到总支书记这个称呼，宋世堂立即来了精神，大谈宋家沟当年的历史，桩桩件件，惊心动魄。到后来他说，天下之势，合久必分，分久必合，宋家沟眼下又成了一个村，得好好庆祝庆祝。他说他要去找宋世才，叫他到正月十五放烟花。宋世才，是刚上任不久的宋家沟社区的总支书记。

晚宴的后半场，基本上都在议论放烟花的事。怎么筹钱，怎么放，讨论得头头是道。老总支书记很快喝高，挥舞着双手一个劲地嚷嚷，仿佛那场烟花盛会马上就可以举行。直到散场退席，我三弟送他回家，他还嚷嚷了一路。

大年初二，一个中年人走进我家，说听说德发回来了，过来坐坐。我恍惚片刻，想起他就是我多年没见的宋世才。不过现在的他身体发福，并且秃顶。我父亲问，到十五那天是不是放烟花，宋世才总支书记说：吃喝量家当，社区没有钱，没必要弄那些景景儿。

听了这话我想,二十八那天晚上的筹划,等于老总支书记在我家放了一场烟花。

儿女的贡献

一天下午,已近古稀之年的东邻大婶到我家闲坐。我知道她爱抽烟,急忙敬上。我父亲问她,过年了,儿女都贡献了些什么。她说,贡献嘛,都有一点。接着就一口一口抽烟,迟迟不作回答。我这大婶有三儿三女,前几年大叔还能外出打工,如今年纪大了,工地上不要他,只好在家里蹲着。经我父亲追问,大婶终于说了:大儿给了七十块钱,三儿给了五十块,三个闺女都是送东西,酒和点心之类,每家的贡献都折合百十块钱。她抽了几口烟,又讲她的二儿子,说,二儿没露面,叫孙子送了几斤苹果和一瓶酒。我问,怎么只送一瓶呢?她说,孙子说了,他娘收拾苹果的时候单挑小的,他爹生气,就抄起一瓶酒摔碎了。大婶说,孙子讲完这事,向她晃晃手中那一瓶酒说,这一瓶要不是我赶紧抢到手,也早叫俺爹摔碎了,奶奶你得感谢我。

年前年后的几天里,还有一些见闻:

一个在外打工的小伙子,回来看他爷爷,给了爷爷四十块钱。到了爷爷的几个儿子按照他们家立下的规矩,到年底向老人分别贡献一百块钱时,打工小伙的父亲却只交六十,理由是他孩子已经替他交上了一部分。

我的一个老姑奶奶,因为是新中国成立前入党,每到年底政府要发给一些补助,2008年底发了九百多元。她的独生儿子,和我同龄的一个人,非让母亲把这钱给他不可。母亲不给,他就咬牙切齿,勾起指关节,向母亲头上贡献了不可计数的"爆栗"。

在村街上,我看到两位老人各提一个蛇皮袋子,在寻寻觅觅。仔细一看,原来是与我父亲同龄的老刘和他的老伴。我问别人这是怎么回事,那人告诉我,这老公母俩本来是有地的,可是老了种不动,就给了两个儿子,儿子种着父母的地却不给他们钱,老公母俩只好在村里捡起了破烂。我想,农村不是城市,能有多少破烂供他们捡拾?抬头看看,那老太太寻觅半天,终于捡到了一个破塑料袋,可是她的这份收获突然让风刮跑了,急得她连滚带爬,又扑又抓……

上坟

二十九这天,我和三弟去邻村看望大姑,父亲让我们顺便到集上买点鲜鱼,三十这天上坟好用。三弟用摩托车带我去了,走完亲戚,到集上转转,发现摊位上全是冰冻的海鱼,淡水鱼不见一条。三弟说,肯定是天太冷,水库里砸不开冻,逮不着了,明天到咱庄的集上再看看吧。

三十这天,宋家沟逢集,我和父亲到集上去看,结果还是没有鲜鱼。我说,我从日照带回好多种海鱼,用它们不行吗?父亲说不行,敬祖宗,不能用细鳞鱼。

下午,我三弟做供菜,果然是宁缺毋滥:三碗菜,一个猪肉,一个鸡肉,一个蛋汤。

做罢菜打纸。三弟从屋里找来纸约子,从墙头上摸来一块石头,一下下敲击它,黄纸上就出现了一个个外圆内方的钱印儿。

我们二村各姓墓地都在二里外的东山。近年来尽管有些人移风易俗,上年坟的时间随缘而定,但多数人还是依照旧俗放在除夕这天下午。这时候,去东山的人一群一伙的,代表了各自的家族。我们家,虽说曾祖父曾祖母繁衍出儿孙几十个,却因为在外面工作的多,加上有人因为外出过年提前上了坟,所以这天去东山的很少,加上入赘女婿小丁,也只有六人。在那个长满栗树的墓地里,我们给前辈们上供,磕头,送去两种版本的零花钱,一时间火堆处处,青烟袅袅。

上完坟,我站在那里稍一打量,就找到了属于我的那块地方。我走过去想,现在我还站在这儿,过上若干年,我就要躺在此处了。可是,到那时来上年坟的,就没有我的儿孙了。因为,我只有女儿,是农村人所说的"绝户"。

然而,此刻我并没觉出伤感。我想,死后有没有人上坟,埋我的那个"土馒头"能存在多久,都是无所谓的事情。我在这个世界上活过,就足够了。

我微微一笑,下山去了。

拜谱

除夕晚上刚吃过年夜饭,忽然听到一声接一声的巨响。到院里看看,只见村子中央有一个个火球飞上半空,炸出灿烂的烟花。父亲说,姓宋的出谱了,咱们得拜谱去。说罢就去找纸。

宋家沟的人,大约百分之七十姓宋,百分之二十姓赵,另外的百分之十是王、高、葛、徐等杂姓。2004年夏天我回家看望父母,宋姓几位族老找到我,说要续修家谱,让我写序,我因为母亲来自宋氏家族,就痛痛快快答应。谱序写好,我给了他们,但几年来一直没有消息,现在看来终于成了。

父亲一手拿纸，一手拄拐，蹒跚地走出门去。父亲的双膝患有关节炎，走路要加一条木腿，所以很少出门，今天晚上往外走却没有丝毫犹豫。我跟上他，他对我讲，宋家沟是姓宋的创的，咱赵家后来迁到这里，人家待咱不孬。

说话间，宋家沟老年活动中心到了。这是全村唯一的一座楼，是当年一位跑到台湾的宋姓老人捐款二十万修建的，意在报效故乡。现在，这座楼的一楼大厅成了出谱的地方：正面墙上，挂着崭新的四幅白布，上面的人名密密麻麻，许多人正围在那里观看。布谱的两边是一副对联："水源木本承先泽，春霜秋露启后昆。"谱的前面是供桌，上面摆了几本纸谱和许多供品，供桌前面灰片翻飞，一堆纸正欢欢地烧着。我父亲把手中的纸添放到火堆上，弃拐而跪，我则屈膝于他的身后。我抬头看看宋氏族谱上由无数人名组成的血缘脉线，想到我身上每一个细胞的DNA都与这条线有关，于是随着父亲一下下叩拜，毕恭毕敬。

春晚

拜谱回来,正好赶上电视里开演春节晚会。父母和我,三人同看。父亲泡上一壶茶水,说他自从家里有了电视机,年年都要把春晚看完。母亲看到九点来钟,说乏了,就到床上睡下。父亲却精神头十足,边喝茶边看。

看过这个节目,已是半夜,我就到西屋躺下了。听着外面远远近近的鞭炮声正待入梦,手机忽然响了,我那四岁半的外孙女说:"老赵,睡了吗?告诉你一个秘密,我的姥爷也姓毕!"我哈哈大笑,睡意全无。外孙女诡秘地哼哼笑过两声,就挂了电话。我躺在被窝里连连摇头:把这孩子从国外抱回来养着,是想让她学习汉语,接受中国文化的熏陶,免得成为一个黄皮白心的"小香蕉",可现在好,今天晚上竟让她老舅给这么"熏陶"了一下,该喜,该忧?

说明一下:在此称赵本山是孩子的老舅,是有根据的,因为赵本山的堂叔也叫赵德发。你若不信,上网查去。

发纸

除夕夜,睡得晚,起得却早。因为父亲说要早起发纸。

发纸就是大年初一烧纸敬天。我将手机上好闹钟,等它六点闹起来,就听见父母在东屋里说话,还听见擀面杖在咕噜咕噜响。我起身过去看看,母亲已经开始包饺子了。我要帮忙,她说不用,先包十来个敬天,咱们吃的过一会儿再包。

当母亲把饺子包好,下到锅里,父亲已在院中水泥桌上摆好了供品:一碗清水,一些水果糖块。供桌前还放了一堆豆秸和一卷纸。我想起,当年他当村干部的时候带头破四旧,有好多年不搞这一套,发现村里有人发纸还对其严厉批评。今天,父亲做这些事情的时候却神情虔诚,一丝不苟。

听母亲在屋里说饺子好了,我急忙去端。然而,进屋时我扶了一下右边的门框,门框却突然断了。我大吃一惊,急忙去看,发现断处是在最下部,那儿已经朽烂不堪,用指头一掐就簌簌地掉木屑。这房子是父亲在三十年前为我建的,当时安了玻璃门,后来我搬家进城,父亲到这里住,却拆掉玻璃门,换上了老宅的旧式木门。父亲过来看看,沉默片刻说:年头多了,断就断吧。说罢就端过饺子,去供桌上放下,接着点燃豆秸和纸。

我瞅一眼父亲心想,看他的表情,一定是在意门框断掉这件事的。是呵,早不断晚不断,为什么要断在大年初一?难道这是天意的昭示?

供桌前,父亲跪下了,母亲跪下了。我放下手里断掉的门框,也在他们身后跪下。看着二老头上的白发,我在心里念叨:老天爷呵,如果你要施什么惩罚,要降什么噩运,就请你冲我来吧,无论怎样我都能接受,都能承受。只是,求你别把我的父母作为算计的目标。

此时,乙丑年的第一缕天光已经无声无息地飞来,亮灿灿地趴在了我家的屋瓦上。

母亲走后的春天

这个春天如期而至。立春之后是雨水,雨水之后是惊蛰,惊蛰之后是春分、清明……

然而,在我的感觉里,这个春天大不一样。春风吹到脸上是暖的,但我心中寒意阵阵;春光进入眼里是美的,但我心中一片灰暗。

因为,这个春天里,我没有了母亲。

母亲是正月二十七走的。上午,我打电话给正在父母跟前值班的三弟,得知母亲病情突然加重。那时母亲坐在床上呼吸艰难,三弟正惊慌失措地揽着她,喊她。就在我们兄弟俩通话的时候,母亲悄悄走了。

我和妻子连同在外地的弟弟妹妹急急遑遑往回赶。进门,见母亲已阖眼躺着,脸上没有了见到儿女时的那种春风般的微笑。被转移到西屋的父亲,见了我流泪道:"你妈妈走得真利索,连个扑棱也没打……"

母亲患肥厚型心肌病,九年前卧床八个月,摸了不止一回阎王鼻子。那时医生就告诉我,这种病人的结局就是猝死。九年后果然应验,连挣扎几下都免了。

其实,母亲自从去年正月里病过一场,不好的迹象已经显出,她身体越来越瘦,饭量越来越小。我知道,这就是所谓的"风烛残年"。

母亲也明白。她常说,来年我就八十四了,到旬头了。正月十五,我在老家值班,那天她和我一起包饺子,像对我说,又像自言自语:比你姥娘多活一年,比你两个姨多活十几年,也可以了。

母亲出殡时,有亲戚劝我:你不用太伤心,老人家是寿终正寝。

我年近花甲,且读过佛经,对于生死还是看得开的。然而,血脉的力量就是如此强大,强大到足以改变我对一个季节的体认。我近乎神经质地认为,今年的春天是残缺的,是寒冷的;而以往那些有母亲的春天,即便有时与饥饿、贫困相伴,也是圆满的,温馨的。

我记忆中的第一个春天,国家正处于困难时期。我家乡的男女老少都去干同一件事情:寻找能够填充肚子的东西。母亲带着我,去地里剜野菜,到山上采树叶。有一天,寻寻觅觅没有收获,只好去一处悬崖边采了些葛叶回家……后来每当回想那个时候,我眼前闪现出的,首先是年轻的母亲在山野间奔走忙碌的身影。我想，如果不是母亲的护佑，病弱的我，以及我的弟弟妹妹，很难熬过那个春天。

四十年前的那个春天，我才十九岁，父母就认为，该给我盖新房娶媳妇了，于是省吃俭用，日夜操劳。当时我在别的村子担任代课教师，除了星期天回家帮帮忙，父母从没让我请假。有一天我正上课，母亲突然出现在窗外，手里还提着一个笼布包。原来，家里请匠人干活，剩下一些好菜，她步行了八里路给我送去。我至今记得，她递给我笼布包，瞅着满屋的孩子说："你好好教学，家里的事不用你管。"

二十六年前的春天，我为了文学发疯，不愿再做县里的小官，决定报考山东大学作家班。回家说了这事，母亲沉默片刻，满脸歉疚地说："都怪俺当年眼光短，叫你连初中都没上完，早早下了学。"我说："我下学是自愿的，我是老大，应该帮家里挣工分。"可是母亲一个劲地道歉，还找出三百块钱，硬塞给我，让我上学用。我一再推辞，后来见母亲都要恼了，只好含泪收下。万万想不到，去年春天她生病住院，我赶去后她不说自己的病情，又提让我早早下学的事，还说了好几声对不起，这让我十分惊愕。我想，这事有她的生命重要吗？

她怎么会在鼻孔插着氧气管的时候再提此事?答案只能是:母亲觉得对儿女有所亏欠,就牢牢地记上一辈子,沉积在胸间,直至成为她的一块心病!

十二年前的春天,母亲说,再过一年就是七十三了,该准备准备了。她给自己做了寿衣,还做了两双寿鞋。鞋上的花样是她自己画的,一针一线仔细绣好。之后,她和父亲又卖掉门前的两棵树,让我们去扯孝布。在我们家乡,祖祖辈辈都有这样的老人,自己置下丧葬用品,以减轻儿女负担。我们兄妹不听吩咐,母亲就让父亲去找我姨父,从临沂买回了三匹白布。第二年,母亲平平安安度过,孝布没有用上,就一直放在柜子里。今年真正用到它了,开柜一看,布上竟有一块块黄斑,原来是炉子里冒的煤烟钻进柜缝,将其污染。这样,在为母亲治丧期间,男人的孝帽,女人的首巾,都不是纯白颜色。出殡之后,主事的人给我们算账,说一共花了两万八千多,如果不是早早就扯了孝布,会花到三万。

八年前的春天,母亲经历了一场大病,身体渐渐转好。她从早到晚忙于家务,洗衣做饭,种菜喂鸡。母亲特别喜欢花木,她精心照料着院子里早年栽下的各种树,各种花草。用她的话说,就是"理整"。她理整这,理整那,理整出了成果,忘不了与儿女分享。春天,香椿芽采了,她都要分给我们;秋天,山楂熟了,我们每人必定会拿到红艳艳的一包。就连刚刚长起的木瓜树,结出几个果子,她也要一一分发。北方木瓜是供人闻的,闻到那种特异的清香,我们等于闻到了母亲的味道。然而,在这个春天里,母亲却突然走了……

母亲入土的次日,我和两个弟弟去给姥娘上坟。姥爷1948年牺牲在河南,姥娘的坟里只有她独自一个。此刻我站在坟前,在心中发问:姥娘,你见到我娘了吗?

姥娘不答,墓碑默立。我回头看看三里外筑有我娘新坟的东山,看看东山之上的茫茫云天,泪如雨下。

生老病死,成住坏空。母亲的一生,就这样结束了。

母亲是在死后的第二天火化的,火葬场要看她的身份证和村里开的死亡证明。证明信交上了,身份证却留在了我的手中。

古人说过,人有三魂六魄。家乡人认为,人死之后,魂还不走,要在家里待上五七三十五天。我想,这个印有母亲微笑着的面容、号码的身份证,应该附有她的一缕灵魂。

我将身份证装入钱包,放到了离我心脏最近的地方,走到哪就带到哪。母亲随我到日照,感受初春的海风;还随我去济南,观看马年的第一抹春色。我在省作协开会,在泉城路书店签售新书,在山东大学演讲,身边仿佛都飘忽着母亲的影子。

阴历二月底,我带着母亲再回老家。一进院门,就发现山楂发芽了,香椿发芽了,花椒发芽了,木瓜、月季、菊花、韭菜……样样皆显春意,无一不露新容。

我似乎听见了它们的集体叹息——唉,春天来了,你娘走了,她不能再理整俺们了……

我不知道,藏在我胸口衣兜里的母亲,面对着它们,会有什么样的表情?

我不敢看,只将胸口紧紧捂着。

父亲的钢枪、肠胃及其他

钢枪

那杆钢枪,一直矗立在我童年的记忆里。

堂屋门后墙角,是它藏身的所在。黑的钢,褐的木,组合成比我高出一截的杀人之物。它能杀人,是父亲告诉我的。"遇上坏人,一枪打他个死死的",不知他是向孩子科普,还是向看不见的坏人示威。我和弟弟多次讨论过,要是家里来个坏人就好了,那样的话,看咱大大怎么打他。遗憾的是,我们家始终没来过坏人,我见这枪发威,是看电影的时候。在电影队来村里放映的战斗片上,当兵的扛着这种钢枪,一下下射击,打死一个个敌人。旁边有人说,这种枪是"土压五",我父亲听了立即更正:"不是'土压五',是'汉阳造'!"父亲觉得自己受到蔑视,因为"土压五"是照着"汉阳造"仿造的,不上档次。

父亲对他那支"汉阳造"极其爱护,雨天不下地干活,他做得最多的事情就是保护枪支:将枪管下面插着的捅条抽出,取过一瓶机油,浇在捅条末梢的布条上,而后将捅条插进枪管,来回抽拉。一会儿,他觉得可以了,就让捅条归位,将枪栓拉动,对着门外举起,瞄准一个目标扣动扳机,"叭!"声音虽小,却足以扣动我和弟弟妹妹的心弦。

父亲不在家时,这枪常常成为我们的玩具。我和弟弟将它拖离墙角,架在门槛上,趴到地上学打枪。我们瞄准院里的鸡,树上的鸟,一下下拉动枪栓,勾动扳机。撞针弄出的动静太小,我们就让嘴唇爆发出声音以作弥补。有一次我正瞄准,准星缺口处除了鸡,还突然出现了父亲。刚踏进家门的父亲发现了情况,直扑枪口而来,之后将我从地里拎起,大声呵斥。父亲告诉我们,这是上级发给他的武器,除了他,谁也不能摸!

那个年代,农村里有资格拥有枪支的,一是大队民兵连长;二是农村信用社人员。枪是上级发的,有"汉阳造",有"土压五",还有"三八大盖"。民兵连长捍卫的是基层政权,信用社人员捍卫的是国家资金。在结庄公社(这时的公社,相当于后来的管理区),信用社人员有两个,一个是主任老王,一个是业务员小赵,小赵即我父亲赵洪都。他们负责八个大队的金融业务,但仍然是人民公社社员,大部分时间要在生产队里干活,兼职做金融业务,信用社每月发给他们一点补贴款。

老王是大结庄的人,身高不足一米六,又矮又瘦而且驼背。他给财主家当长工,娶不上老婆,"土改复查"运动中,他娶到富农家的一个闺女做老婆。老王对党无比忠诚,就被委任为信用分社主任。他不识字,记账算账靠我父亲。父亲算好了,找到他念一念,他就掏出刻有他大名的章子,往账本上庄重一摁,表示负责。

我父亲也没上过学,只上过一段时间的"速成识字班",学会了一些字和数码,学会了打算盘。但他脑子好使,十八岁被选为信用社业务员,很快胜任。我能记事的时候,他已经是业内老手了。父亲虽然干农村金融,却没有多少业务,因为那时家家户户都穷,很少有人存款。贷款的倒不少,多数是救济性的,经区社批准,贷给一些贫下中农救急。这些钱,大多收不回来。尽管业务不多,家里还是有些现金的,都被父亲严严实实地锁在抽屉里,与黄灿灿的子弹放在一起。

我家有钱,却依旧贫穷。因为一家七口,花销实在太大。我记得,有许多回门外来了卖油条的、卖豆腐的,我们兄妹馋得要命,父母却对叫卖声充耳不闻。有一次,我们家族有人结婚,新媳妇将要上门磕头,母亲连五毛赏钱也拿不出来,只好到别人家借。别人说,你家是信用社,怎会没有钱呀?母亲说,那是公家的,谁敢使呀?再说,俺也没有钥匙。

每年秋风刮过几场,社员们把庄稼收拾干净,父亲的神色开始紧张。他一次次擦拭枪支,旨在备战。终于有一天,他庄重地背上枪支、挎包,出门去了。下午回来,他坐在家里一遍遍催着母亲做饭、端饭,吃过之后,便携枪背包离家而去。

父亲去办什么事情?放款。一年一度的"秋后分配"来临,八个村庄的几十个生产队都要"分钱",他要把生产队在信用社的存款送去。哪个生产队哪天分钱,要早早与信用社定好,我父亲到区上提来,晚上送去。八个大队,四处分布,要过河越岭,穿过一片片树林。父亲独自一人走夜路,风声鹤唳草木皆兵。他要高度警惕,保证身边的钱不被坏人抢去。

父亲去放款,会带多少钱?不多,至多几百块。那时最大的票子为十元,用不了几张,多数是几元的、几毛的。虽然一个生产队有几十户,劳力众多,但每日工值只有几毛钱。全年统算,扣除口粮款,大部分人家所剩无几,有的户还"倒找"。所谓"倒找",就是工分总值抵不上口粮款,必须向队里交钱,好多人没钱交,只好欠账。因为"倒找户"多,在账面上应该分钱的分不到,生产队只好欠着他们。所以,那个晚上用的现金少之又少。

现金虽少,也必须保证运输上的安全。我父亲说,他带着钱走夜路,都是眼观六路耳听八方,一有动静就蹲下,观察清楚,确认没有敌情再走。走到中途,会遇到前来接应的老王。老王因为矮,背枪不方便,就扛在肩头。这么一来,他的背就更驼,人也更矮。他们二人走到目的地,又有队长会计等人在村头接应。父亲形容那个场面说:"跟接天神一样。"

二位"天神"到了那里,把款交给他们,而后坐在一边抽烟,看他们报账分钱。黑压压的一片社员,几家欢喜几家愁。把钱分完,收回余款,老王和我父亲起身离开,各自回家。第二天,我父亲再背上枪,去区里提款,去某村送款。

一个秋后,再一个秋后,他们俩的枪始终没有打响。可能是威慑力十足,没人敢轻举妄动。那时我父亲二十多岁,背一杆钢枪,年轻而英武。这个形象,至今在我心中活灵活现。

他二十九岁的时候，却把这杆钢枪交给了别人，因为他得到了重用。当时，莒南县委召开社会主义教育运动动员大会，将县、区、公社、大队四级干部集合到县城，要求他们"洗手洗澡"，即检查自己的缺点错误。宋家沟二村党支部书记也去了，但会后没有回来，不知所踪。人们猜测，他是吓跑了，因为他手脚不干净，有打骂贫下中农的行为。后来才知道，他跑到苏北隐姓埋名当了石匠，走村串户给人家錾磨。区委找不到这人下落，只好任命我父亲接任。父亲党性很强，立即服从组织安排，当起了大队支书。接替我父亲担任信用社业务员的，是小结庄的刘彦世，比我父亲大两岁。二人分住东西两庄，早就认识。

父亲当上书记，成为一村之长，尽职尽责，带头劳动。他平时像普通社员一样，到我们家所在的生产队，根据队长的安排该干啥干啥。每次到区里开会，散会后如果天还不黑，必定再到地里，和社员们一起干到收工。大伙很快认可了这位年轻的书记，让他很有优越感。

然而到了年底，父亲的优越感大打折扣。因为上级作出决定：农村信用社人员全部转为国家干部。刘彦世年初接任，年底就遇上这件好事，吃上了国库粮，每月能领二十七块钱。父亲觉得吃了大亏，心理很不平衡，每逢见面就开玩笑说，把自己端的金饭碗让给他了。久而久之，老刘也似乎觉得欠了人情，经常请我父亲喝酒，七年后还把妻侄女介绍给我父亲当儿媳妇。这样，只有十八岁的我就早早定亲，让他俩成为重要亲戚。

虽说成为重要亲戚，身份与收入上的巨大差距依然存在。信用社人员每月领工资，我父亲却要出大力挣工分，每年要向生产队里"倒找"。看到家里的贫困，我只读了四个月初中就主动辍学，帮父亲分担家庭重担。村干部原先是没有任何补助的，直到实行"大包干"，才开始领误工补贴，书记一年可领五百。但这时我父亲已经因为年龄原因光荣退休，一年只领三百。这项补贴后来有所增长，到他去世时，一年领一千一。说到自己的待遇，再说到老刘退休后一月拿好几千，儿子接班后当了乡里的信用社主任，父亲躺在病床上连声叹气："唉，都是命呀！"

说罢这话，他去瞅门后那空空荡荡的墙角。我知道，当年的那杆钢枪，又矗立在他的眼前了。

肠胃

那一年，宋家沟二村办公室门前多次出现这样的场景：一张破桌子摆在那里，上面放着半碗剩菜，里面有几片猪肉，旁边还放着半碗面条或半块油饼之类。饭菜下面则压着一张纸，上面有"剩菜两毛"、"剩饭一毛"之类的文字。那几个字用毛笔写成，极其端庄。

这是干嘛呢？是大队卖剩饭。谁剩下的？公社干部（这时的区，已经改为公社）。他们有时会下来驻点或检查工作，村里就安排人给他们做饭吃。在我们村，做饭的一般是大队会计。他是个老头，毛笔字写得好，饭菜也做得好。饭菜做好了，就端给公社干部。

我父亲那时任大队党支书，无论是正向公社干部汇报工作，还是陪他们闲聊，等到会计端来饭菜，他立即起身回家。以前公社来人，父亲是和会计一起殷勤作陪的，可是1971年搞起了整党运动，父亲立下新规，不再陪吃。他不陪，也不让会计陪。干部的肚子有大有小，难以估量，会计往往多做，这样就会剩下一点。剩下的怎么办？父亲指示会计：标价卖掉。

我至今记得村里卖剩饭的情景：一大群人围着那张

破桌子,眼巴巴地盯着剩饭剩菜。庄户人长年不见荤腥,看着好饭好菜馋涎欲滴,但他们囊中羞涩,只能过过眼瘾。大家嗅着饭菜的味道,咽下一口口唾沫,议论一番价格的高低,然后看谁来买。好大一会儿没出现买者,有人就发言了:这么便宜,怎么没人来买呢?再等一会儿,终于有人掏出钱来交给会计。在他端起饭菜往家走时,有人却瞅着他的背影小声议论:人家吃剩的他也花钱买,真不会过日子。

但是,看到剩饭剩菜如此处理,大伙心里还是很舒坦的,对我父亲也多了几分尊敬。

其实,父亲不陪干部吃饭,内心备受煎熬。因为我父亲嘴馋,特爱吃肉。逢年过节,家里偶尔吃点肉,他都是当仁不让,吃得最多。我和弟弟妹妹不敢跟他抢,因为那样等于虎口夺食,会挨骂的。以前公社有人来,父亲陪吃,我虽然没有见过他们吃饭的情景,但从父亲回家后的神态可以看出来,他肚子里装了好东西,那是相当愉快的。他点上旱烟,美美地抽上一口,往床上一躺便哼唱歌曲:"东方升起了红太阳,哎咳升起了红太阳。"他只唱这两句,再往下唱就不会了。他也不愿多学,有这两句抒发抒发心情就够了。来了运动,不能陪了,在家就着咸菜吃地瓜干煎饼,他闷闷不乐,神色黯淡。

等到整党运动结束,公社干部再来,父亲故态复萌,又和会计一起陪他们吃饭。大概他们肚大能容,剩不下饭菜,办公室门口再没有摆出那张破桌子。但是,除了驻点,公社来人的情况并不常见,一年难得有几次。

父亲担任支部书记二十年,没有多少突出的业绩,也没有多少腐败行为。最腐败的一条,就是陪上级来人吃饭。

那时,最能体现村干部腐败的事情,是送子女去城里当工人。我们村先后分到几个名额,父亲都是让别人的孩子去。我和弟弟妹妹当然有怨言,但他说:"我当书记,怎么好意思叫自己的孩子出去?"后来,我和二弟、二妹都是凭自己的努力"出去"的。大妹没上过学,三弟成年后上级不从农村招工了,所以他俩一直务农。

父亲从书记上的位子退下来,没有机会陪上级来人了,很有失落感。尤其是看到农村干部的公款吃喝现象愈演愈烈,他十分气愤,经常嘟哝:"这是共产党的法子吗?"好在家里收入多了起来,我们兄妹几个也时常奉献,他每天都可以喝上几两。先是一天一回，放在晚上，后来早上也喝，中午也喝。晨午两顿，酒肴可以简单，他买来一包虾皮，放进菜橱，不许别人染指，每次捏出一些下酒。晚上这一顿，一定要郑重其事，一定要让我母亲"炒肴"。母亲便想方法给他炒上一盘，或蛋或肉，小心翼翼捧到桌上。久而久之，傍晚给父亲炒肴，成为母亲的一项重要任务，任何情况下都忘不了。尽管她被父亲吵过骂过，哭上一通，时辰到了照样向我父亲奉上酒肴。以至于她晚年卧病在床，由我们伺候二老了，每到下午四五点钟必定大声吩咐："该给恁大大炒肴了！"我们应声而动，继续着她未竟的事业。

惭愧的是，这项事业，我们往往做得不那么耐烦，因为父亲喝酒不再守时。早上，他在饭前喝上一盅，到十点多钟就发令了："弄点肴，我喝酒！"我说："到中午一块行不？"他说："不行，一心想喝，怎么办？"怎么办？我们只好动手去炒。喝了酒，他表情欣然，看一会儿电视，中午和我们一起吃饭。下午四点来钟，他又要喝酒了，我们再忙活一通。这样，从早到晚，要动五次锅灶。

前面说过，父亲特别喜欢吃肉，晚年有吃肉的资本了，那就放开了肚皮，有了肉可以不吃青菜不吃主食。

我回家值班,路过县城时常常提羊肉汤回去,住下后,又常买猪排骨煮给他吃。他特别嘱咐,不要加菜煮,那样会把肉味争去。然而那是什么样的肉味呀,用混合饲料喂起来的猪,身上不知积淀了多少激素之类,用高压锅一煮,氨水味四溢。我很少吃它,父亲却总是吃不够,连续吃几天都可以。我说:"你这个吃法怎么能行?"他不无自豪地道:"我就有这个本事。"他多次向我讲,他从小爱吃肉,肚子也享得了。三岁那年,村里有人开汤锅卖熟猪肉,爷爷带他去买了一碗猪大肠,竟然全被他吃掉,事后肚子一点事也没有。此时,我想起了小时候过年生产队杀猪,邻居分肉之后的悲催:他们马上煮熟去吃,却因为长年不吃肥腻之物,肠胃不认,加上吃得过多,一家人上吐下泻。父亲听了墙那边的吐泻声,耻笑他们:只能装糠揎菜,长了个什么肚子!

父亲真是有本事,吃那么多肥肉,到老也没出现"三高"症状,血压、血脂、血糖统统正常。他牙口也好,吃东西时的咀嚼动作特别快,我在一边偷偷试过,无论怎样紧张地调动咬肌张合牙齿,也远远赶不上他的频率。我知道,他的快捷进食习惯,是小时候被穷逼出来的。他三岁时吃下一碗猪大肠,那是极其稀罕的事情,随着弟弟妹妹的接连出世，家里吃了上顿没有下顿。我奶奶先后生下十胎，八个成活，在那个粮食极度匮乏的年代，如何填饱十口人的肚子，现在想一想都感到恐惧。我父亲说过："吃饭就得抢，不抢就得挨饿。"爷爷奶奶致力于全家人不被饿死，没有能力给成年的儿子好好筹办婚事，我父亲结婚时穿的裤子，是借了人家的，只穿三天就还了回去。

盖新房，爷爷更是无力承担。我父母结婚后，只好借住别人的一间看场小屋。屋外没院墙，村外有野狼。我母亲多次对我说，住场屋的时候，你没叫毛猴子（家乡对狼的叫法）叼去，就谢天谢地了。那时我父亲虽然当了信用社业务员，每月有点补贴，但他省吃俭用，在我三岁时建起了新房。此后一边还欠账，一边拉扯我们兄妹五个长大。父母努力操持，在我十九岁那年建起新房，准备娶儿媳妇，几年后又给我二弟建起一座。这样，除了逢年过节，家里是不买肉的。十几年前，我为了写佛教题材小说去寺院参访，经常要吃斋饭，和尚问我是否吃得惯，我说：吃得惯，我基本上是吃素长大的。

我现在想，父亲过了大半生穷日子，没有享用多少好东西，真是委屈了他那副特殊肠胃、上等牙口。他当大队干部，偶尔有几次陪吃陪喝的机会，可是来了整党运动，他不但不陪，还将剩饭剩菜公开拍卖，这需要多大的外力制约，需要多强的内在意志。

父亲2013年初病过一场，从此不再走路，除了卧床就是坐沙发。电视还是要看的，但他对国家大事不像过去那么关心，每天关心的主要是下一顿吃什么。从这时起，我们兄妹几个轮班伺候，每天都要汇报食谱，征得他的同意，并根据他的意见作出调整。我们带来的、买来的食品，多是放在有炉灶和冰箱的西屋，他一年多没去过，但对西屋里放了什么，冰箱里存了什么，了如指掌，让我们暗暗称奇。有一回，他对值班的我二妹说，冰箱里还有鸽子。可是二妹没有找到。父亲立马火了：好好的鸽子，怎么就不见了？母亲在一边说：飞了呀！母亲那时脑子已经有些迷糊，所以才有这颇具诗意的想象。父亲持现实主义立场，不理会母亲，继续追查鸽子的下落。他甚至猜想，是让我三弟的大女儿拿去吃了，非要打电话问问不可。二妹费了好半天唇舌，才制止住父亲的追查行动。

父亲的酒瘾，是被自身疾病遏止的。辞世前的一段时间，他全身皮肤发痒，白天痒，夜间更痒。吃了药稍好一点，但不能根治。二姑过来看他，让他把酒戒了。

他不听，照喝不误。实在痒得受不了，只好忍住不喝，这么一来果然见效。但他戒了几天，又向我们要酒，喝上一点痒症又发。反复了几次，他才忍痛割爱，与杜康君告别。

2015年春节前，父亲身体出现问题：他皮肤与眼球发黄，大便灰白且稀，一天拉许多次，经常拉在裤子里，拉到床上。我擦净他的身体，洗着他的衣服，心想，父亲的消化系统有如此剧变，肯定是不祥之兆，遂决定正月初三带他去医院。走之前父亲嘱咐我，要是查出绝症，坚决不住院，一定要死在家里。他两年前曾住过医院的重症监护室，体验过里面的待遇。他说："把我绑在床上，要一口水喝都不给。"我们家乡还有一项风俗：死在家里，占到房子，才算善终。我理解父亲，含泪答应。

我和三弟、妹夫、表弟陪他到了县医院，我连襟在那里工作，急忙陪同检查。我在这边正开单子，父亲在那边又拉了一裤裆。做过胸腹彩超，医生说我父亲患胆管癌，已到晚期，且广泛转移。医生悄悄对我说，回家吧，不必住院了。我心如刀绞，对父亲撒谎：查清楚了，胆囊炎，没事。兄妹几个把他拉回家去，忍住悲痛轮班伺候。这期间，他虽然还是时常拉稀，但身体不疼，食欲不减。正月十二，父亲想看看西屋里存的食品，二妹扶着他半天一步半天一步，好不容易来到西屋门口，却因他长期不走路肌肉萎缩，抬了几次腿，终于没能迈进门槛，只好倚墙长叹，放弃了对冰箱的视察。

正月十六，我正在日照忙着别的事情，三弟来电话说，父亲开始吐血，情况不好，我就和二弟急忙往回赶。二妹来电话说，咱大大想喝羊肉汤，你走县城提上。我说，知道了。下了火车，到站前一家羊肉馆买上，叫上出租车，一路催促师傅快走，用十七分钟跑完四十里路，把羊肉汤端到了父亲床前。此时父亲刚吐完血，神志清醒，喂他两口汤，他能喝下。再给他一块肉，他嚼了两口却吐了出来，有气无力道：不吃了，嚼不动。

这是父亲平生第一次放弃进食，让他的消化系统停止了工作。看来，再怎么强悍的肠胃与牙口，也抵不过死神的力量。打量着父亲那消瘦变形的脸，我双泪长流。

此后，父亲再没进食，于次日上午谢世，享年八十一岁。

矛盾

现在的年轻人,在网上喜欢说"求心理阴影面积"。我要是求童年时的心理阴影面积,有一块可以说无穷大。

这块阴影,是父母不和造成的。在最初的记忆里,父母吵架是家常便饭。常见的情景是,一家人正吃着饭,父亲的筷子就指向了母亲,嘴里不干不净。母亲如果顶撞几句,父亲的筷子就像飞镖一样奔向了她。他还腾地站起,举起本来在他屁股下的板凳作威吓状。仰望着父亲凶神恶煞的形象,我们兄妹魂飞天外,急忙逃到院里集体哭泣。还有,我从外面玩耍回来,或者放学回来,常常看见母亲在院里号啕大哭,父亲在屋里嗷嗷不休。

他俩最严重的几次冲突,我们兄妹至今记得:

有一年,端午节的头一天,母亲好不容易弄了一点黍子米,要包粽子。中午,她给父亲端去饭菜,回到锅屋淘米。父亲吃完一盘炒眉豆,嫌母亲没有及时添加,提起板凳蹿到锅屋,一下子将米盆砸碎。母亲一边收拾地上的米一边哭:"我不是为了孩子吗?不是为了叫他们明天吃上粽子吗?"

那个年代，如果农活紧张，社员们中午都在地里吃饭，饭由各家妇女送去。有一天中午，我母亲要下地送饭，不懂事的二妹和三弟非要跟着，母子三个路上走得慢，到地头时比别人稍晚一点，父亲就守着全生产队的人，把我母亲提去的糊粥罐子摔了个粉碎。

有一年春节前，父亲去赶年集，将买来的东西放在本村一人的拖拉机上，而后步行回村。回来看看拖拉机，只有他买的那件东西在上面，一回家就责怪母亲不去拿。母亲正在做豆腐，说："我不知道呀！"父亲就将一锅豆腐端起，扔出锅屋，结果豆腐脑洒了半院子，引得家鸡和野鸟纷纷上前啄食。

还有一回，母亲正在锅屋里烙着煎饼，父亲不知为何又发起火来，抄起一把镢头，冲进去高高抡起，"咚"的一声砸在母亲面前的铁鏊子上，让鏊子有了一条罅，缺了一条腿。父亲次日又买来一盘，母亲就用那个破鏊子盖咸菜缸。至今，它还站在我家锅屋墙边，无言地诉说着父亲的残暴。

父母关系如此，我们兄妹的小心脏难以承受。我们觉得，家里整天乌云密布，随时随地就会响起霹雳，下起冰雹。父亲不在家时，家里还有欢声笑语，一旦父亲的咳嗽声、脚步声在墙外响起，我们立即面色惊惶，噤若寒蝉。父亲进家后,我们连大气也不敢喘,只是怯怯地瞅他一眼,再瞅他一眼,观察他脸上是什么气候。有一回,父亲不知在外面遇到什么高兴的事情,回到家把只有四岁的我三弟猛地抱起,三弟竟然吓得大叫一声晕厥过去,母亲将他又掐又拍,才让他苏醒过来。

再怎么担心,冲突还是不可避免。一旦父母开口吵架,家里立即爆发一片哭声。我们劝不了架,也拉不开他们,只好求助住在西邻的二姑。因为跑到二姑家已经来不及,二弟常常像猴子似的爬上院中间的石磨,站在磨顶向西边哭喊:"二姑二姑!又打仗喽!又打仗喽!"那样子,比遇难的佛教徒求观音菩萨还要急切。二姑急火火跑来,冒着受伤的危险把哥嫂拉开,苦口婆心劝说半天,看看没事了,才摇头叹息而去。

更可怕的是,我母亲受多了委屈,产生了寻死的念头。那个时代农村妇女自杀,首选方式是喝卤,因为家家都有卤坛子,里面长年装着做豆腐用的卤水,用来自杀方便。我家的卤坛子放在父母床底,有好几回,母亲被父亲打了之后,去床底摸卤坛子,被二姑和我们强行夺下。于是,母亲再受委屈时,我们兄妹首先做的事情,就是将那卤坛子搬出来,到别的地方藏下。有一回,母亲要做豆腐了却找不到它,我们从草垛里扒出来给她,她抱着我们哭:"要不是怕你们没有娘,我早就不活了……"

我小时候想破脑壳也不明白,父亲为什么会这样对待我母亲。论相貌,母亲是全村少有的漂亮女人之一;论做家务,母亲的水平也属于上等。我家盖新房时,一位去帮忙的长辈跟别人说:"别人家盖屋,女人累得没有人样。洪都盖屋,他家里穿得板板正正,早早把饭送去……"我们那里,煎饼是主食,烙煎饼手艺是衡量女人是否是合格主妇的一个重要标准。我母亲烙的煎饼,厚薄均匀,普遍熟透,不焦不湿,谁吃了谁夸奖。论贤惠,母亲在村里更是有口皆碑。她除了实在受不了父亲的打骂,与他对吵几句,一直到死,从没和别人闹过矛盾。我父亲兄弟五个,除了二叔在县城工作,很有教养,其他四个都是脾气暴躁,相互间说吵就吵。有的女人,往往参与丈夫与兄弟间的矛盾,甚至推波助澜,可我母亲的态度是,你兄弟再怎么闹,我决不插言。有时候弟兄们在一起喝酒,喝着喝着吵了起来,我母亲还是继续给他们炒菜做饭,提茶倒水。在她的影响下,五妯娌之间从没有过争执,一直和和睦睦。今年春节,在日照的赵家人聚餐,五叔说起大嫂的贤惠,还是哽咽流泪。

那么，父亲虐待母亲，到底是为什么？"文化大革命"期间，我才彻底明白：父亲脾气差，是一条原因；更重要的一条，是父亲嫌我母亲出身不好。他俩的不和，阶级矛盾起了主导作用。

那时，我家建在村边，门前是几块庄稼地和坟地。在我家西南方向，二百米之外，是我姥爷家的几个坟堆。有一天中午，我们一家正在吃饭，突然听见外面"轰"的一声，还有许多人喊口号，便出门观望。我看见，我老姥爷的坟已经被炸开，有一群人站在坟堆旁边，举拳高喊打倒宋某某。还有人抡起镢头狠狠地往墓坑里砸，大概是砸死人头壳。我扭头看看父母，他俩脸色大变，转身回家，接着就从院里传出父亲的叫骂声。我急忙跑去拉架，就见父亲跺脚咬牙，指着母亲骂："你个富农羔子！你个富农羔子！"母亲一声不吭，只是站在那里流泪。十一岁的我，胸中升腾起不平之气，就瞪眼反驳父亲："她是烈士子女！"父亲说："烈士子女也不行，人家砸的是什么？是砸我赵洪都的脸！"听了这话，我才明白父亲为什么发火。

母亲的确出身富农。她爷爷曾是民国时期的庄长，家中雇有长工，土改时被打死了。他儿子宋家栋毕业于临沂乡村师范，后来参加了共产党，担任过乡长、抗日军政大学一分校教员等职，曾在战斗中负伤。1947年底报名南下，第二年牺牲在河南省洛宁县。宋家栋虽然成为中共烈士，但改掉不了家庭是富农的事实，他的遗属还是免不了遭受歧视。他妻子想改变命运，就将大女儿嫁给了出身下中农的赵洪都，生下三男两女，我是老大。

在那个特别讲究阶级观念的时代，我父亲满耳朵听的都是"亲不亲、阶级分"这类宣传，觉得娶了我母亲，对不起共产党，犯了严重的政治错误。"文革"中，红卫兵开大会将他"罢官"，给他戴高帽子，批斗时给他列出的第一条罪状就是娶了富农家闺女，阶级路线不清。有了这种政治待遇、这种奇耻大辱，父亲心中就积聚了炸药，一次次引爆，一次次让母亲痛不欲生，让我们兄妹几个担惊受怕。听着父亲骂母亲"富农羔子"，我们恍惚间也觉得成了"富农羔子"，自卑得很。

日月如梭，诸行无常。二十年下去，坚如磐石的阶级斗争理念，在人们头脑中像云朵一样变淡变轻。党中央下文给地主富农摘帽之后，我父亲对我母亲的责骂明显减少。缘于性格的冲突还会发生，但也多是昙花一现。让我们兄妹觉得吃惊的是，大约在七十岁之后，父亲竟然每天早早起床，烧开水，煮熟两个鸡蛋。但他不吃，理由是身体胖,不缺营养,就把鸡蛋盛在碗里端给母亲,自己坐到桌边喝茶。母亲披衣起坐,吃下两个荷包蛋,躺下睡上一会儿再起来做早饭。午饭、晚饭,当然也是她做,因为父亲除了会煮鸡蛋,做饭、炒菜一概不懂。我问父亲,为什么早上起来煮鸡蛋,父亲面现赧颜,羞笑一下:"恁妈妈伺候了我一辈子,我也伺候伺候她。"

有一年春节,我在家陪父母,正遇上宋姓族谱续修完毕,在村子中央的老年活动中心隆重举行"出谱"仪式。父亲听说后,找出一刀纸,拄着拐杖,和我一起去拜谱。我们走进小楼,看见正面墙上挂着四幅白布,上面的人名密密麻麻,都是一辈辈去世的人。我仔细去瞅,发现当年杀人者在上面,被杀者也在上面。父亲毕恭毕敬,向他们郑重叩首。我随他跪拜时心想:这是否意味着父亲在历史观上的拨乱反正,意味着与"阶级敌人"的和解呢?

2013年正月,灾难降临我家。先是母亲住进县医院,五天后父亲也发病住院。二老分住病房楼的七层和四层,我们兄妹蹿上蹿下,疲于奔命。父亲住了两天稍稍清醒,一再说要见见我母亲,好在母亲已经过了危险期,我们就用轮椅将她推到了父亲病房。父亲鼻子里插着氧气管,两眼瞅着我母亲,艰难而认真地说:"我年轻的时候脾气不好,你多担待点。"原来他是担心自己马上死去,要当着儿女的面向我母亲道歉!母亲听罢此言,泪如泉涌……

翌年正月二十七,母亲仙逝。看着安放了母亲骨灰的棺材,父亲对我说:"过不了五七,我也跟恁妈妈走呀。"然而,他的预言并不准确。三十五天过去,他身体尚无大碍,只是不能走路,只是一天到晚坐着发呆。他这时的主要病症,是双膝退行性病变,难以站立行走。但我知道,如果吃药,并加强锻炼,父亲还是能走路的,就鼓励他走。他答应了,摸过拐棍,在我们的扶持下站起来,沿着院中间用砖铺出的通道走了两个来回。但他是走给别人看的,就像模特在T型台上表演,之后还是不愿动弹,如果不要求他走,他决不迈出一步。他说:"将死的人了,走什么走?"还说:"要不是怕给恁几个孩子丢脸,我早就一头扎进水缸里去了。"我明白,父亲的心,这时已经死了,已经去母亲那里了。见他这样,我们再没强求父亲锻炼,只是用轮椅推着他,上街,赶集,让他多见见亲人和熟人。

这个阶段,父亲经常向别人讲我母亲生前的种种好处。讲她饭做得好吃,煎饼烙得好吃,怎么样疼爱孩子,怎么样团结妯娌。有一回他跟我老婆说:"我当年经常出去开会,哪一回出门,都能穿一身干干净净的衣裳。夏天穿的白褂子,恁妈妈给我洗得煞白,谁见了谁夸……"我老婆揭他的短:"那你怎么还打她骂她?"父亲不好意思地咧咧嘴:"那时候,整天讲阶级斗争,人家说我社会关系不纯,我心里能不窝火吗?"

2015年春节,我陪父亲过年。初一早晨,我煮好饺子,先盛一碗放到母亲的遗像前,说:"妈妈,过年了,吃饺子吧。"话音未落,听见身后迸发哭声。回头看看,父亲正抬头望着母亲,老泪纵横。

父亲去世后,我将产权属于我的那座老宅赠予在家务农的三弟,很少回去,回去便是给父母上坟。站在芳草萋萋的坟前,追忆父母的恩恩怨怨,哪一回都是感慨万端。

上坟次数毕竟有限,一年只有三五回。现在我常用另一种方式看望父母:借助天眼。我在电脑上打开卫星地图,点一下山东省日照市,而后一点点搓动鼠标转轮,让地图放大。我的目光沿着回家的公路前行,前行。到了我的村子,将地图放大到极限,而后沿着村东的路到达父母的墓地。

那个坟堆,圆圆的,很刺眼,就在一片绿油油的庄稼地里。

我望着那个圆点儿心想,父母会不会感知到儿子借助卫星投去的目光?

恍惚间看见,二老走出坟墓,手拉手站在庄稼地里,向我展颜一笑。

　　完稿于丁酉年正月十七,父亲两周年忌日

今日刮哪风

早晨起床,走上阳台,耳边常常飘来一句发问:"今日刮哪风?"

刮哪风?不好判断。因为城里高楼林立,已经将风削成散兵游勇,在街上乱窜。即便风势很大,在地上摇动树木,在天上摆出云阵,让我看明白了,我却没办法报告了。因为,我身后不是老家的屋子,我父亲不在里面。这句发问,其实是我的幻听。

"今日刮哪风?"父亲在世时,早晨常用这话问自己、问家人。他从屋里出来,第一件事就是抬头看天,侧眼看树,问上这么一句。如果母亲和我们兄妹有在院里的,就学他的样子,观察片刻,作出回答。如果院里无人,父亲就自问自答。"南风。""北风。""东风。""西风。"

问这干吗?判断天气。是晴,是雨,心中有数。哪个季节刮哪风,都关系到天气。当日天气如何,适合干什么活儿,不适合干什么活儿,父亲会作出安排。天气如何，还会关系到更长久更重要的事情，譬如旱涝，譬如丰歉，譬如温饱，譬如生死。他当村支书二十年，要操心的事情很多很多。

当然，判断天气，不只是看风向，还要看别的，里面的学问大着呢。光是老祖宗们留下的谚语，就有千万条之多。其实，我父亲并不精通此道，有些老人在这方面特别有才。他们早晨看看风向，望望云势，感受一下气温，嗅嗅空气湿度，便知道当日天气如何。我的一个长辈，就是这样的"老庄户"，深受村邻尊敬。他临死时，向儿子传授这些学问，连同种庄稼的种种窍门，连讲三天三夜，直至气绝。

我父亲讲不出那么多学问，但他卸任村支书之后，却一直保留着早晨问风的习惯。尤其是在年届八旬、病重卧床之后，还常常在早晨扭头看着门外，问上这么一声。农村的风从不暧昧，会清清楚楚地借树梢以表达。我或者弟弟妹妹在院里看明白了，便向屋里的父亲报告。父亲答应一声"噢"，而后不再说话。

我曾问过，他得知风向后作出了怎样的判断，他一般会说"天不好"或者"天不孬"，仅此而已。我曾验证他的判断，当日天气到底是好是孬，有时候准，有时候不准。我问他为何不准，他叹一口气道："风，太难琢磨了。"

我理解父亲的叹息。风,是这世界上最神秘的事物之一。它"寻之不见其终,迎之不见其来。四方为之易位,八维为之轮回"(晋·李充《风赋》)。它看不见,抓不着,却让人通过事物的种种变化而感受到。一年二十四番花信风,让我们欣赏这世界的五彩缤纷;树下一片片飘飞的黄叶,让我们领悟生命的短暂与悲凉;江河湖海上的惊涛骇浪,让我们见识那种"无物之阵"的神威;山崖石壁上的凹窝与孔洞,让我们瞻仰堪与水滴石穿相媲美的惊人造化。

"今日刮哪风",最让人震撼的回答,是由地球第三极珠穆朗玛峰作出的。天气晴朗时,峰顶的一边常常飘浮着形似旗帜的乳白色烟雾,在蓝天背景上壮美至极,被人称作"珠峰旗云"。这个世界上最高的"风向标",乃天工之作,引人膜拜。

庄子对风有过解释:"天地之间,其犹橐籥乎?虚而不屈,动而愈出。"他把天地之间比作了风箱,是人类语言中形制最大的比喻了吧?那么,"动而愈出"的"动",由谁来操作完成?我每作猜想,便肃然起敬。

古印度人说,风是构成世界的基本元素之一。"地、水、火、风",谓之"四大"。人身亦由四大构成。"地"

是人体的肌肉骨骼;"水"是血液体液;"火"是热气;"风"是动能。最直接表现为"风"的,是人的呼吸。

我父亲脾气不好,当年他携带的"风",与家庭气氛息息相关。我小的时候,每天也像父亲那样,揣着一个疑问:"今日刮哪风?"但父亲是揣测老天心情,我是揣测父亲心情。父亲的喘气声柔和,那是刮南风;父亲的喘气声粗重,那是刮北风;父亲的喘气声粗重且夹带着"哼、哼"的鼻息,那就是会带来暴风骤雨的东风或西风了。每当东风或西风刮起来,母亲和我们兄妹都会赶紧把自身的"风"减弱甚至止住,连气都不敢喘。

父亲的"风"刮了八十年,终于刮不动了。那年正月十七,母亲挂在墙上,父亲躺在床上。正像一年前母亲所经历的那样,父亲开始了生命的终结过程:"四大分离"。"地"不再动;"水"不再流;"火"在降温;"风"在减弱。他呼出、吸入的"风",一下下变慢,一下下变轻。后来,只有呼出,没有吸入,细若游丝。当他吐出最后的一缕,一切归于平静。

这时,我们兄妹五个却一齐哭喊,撕心裂肺。因为,父亲的风尽管有时凛冽,但也有时温暖。更重要的是,若没有他的"风",我们的"风"就不会出现在这世界上……

生命如风，轮回不休。一代人刮过去，下一代人再接着刮。物质不灭，"四大"永存，只不过换了时间与形式而已。

在我写这篇文章之前，古历六月十三，龙王爷生日，日照市有多个地方举办祭海仪式，我参观了其中的两场。供桌上，趴着渔民用作牺牲的一条条整猪。船老大们一个个表情严肃，端庄而行，到供桌前上香、磕头。

他们是另一群关注"今日刮哪风"的人。我的前辈从土里刨食吃，他们向大海讨生活。"今日刮哪风"，关系到他们的收成，他们的安危，所以每天必定要弄清楚。现在可以收听天气预报，过去全凭船老大的经验。风向如何，风力大小，他们看明白了马上决定，是继续打鱼还是起网回家。在没有机器船的时代，一个优秀的船老大，还可以使八面来风。譬如说，如果刮东风，他需要到东面去，可以调整船帆巧妙借风，迂回到达目的地。那个年代，船帆都用槲树皮煮汁染成，大海上的一片片紫帆，便是船老大们回应"今日刮哪风"的壮丽答案。

优秀的渔民，优秀的农民，不光知道今日刮哪风，还知道明日刮哪风。最出众的船老大，能预知未来几天的风向与风势。我听说，前些年莱州湾在冬天时常结冰。有一个正月里的夜晚，一场极其罕见的寒流突袭渤海，致使沿岸海面迅速结冰。有些预知到风灾的船老大早早起网回家，有些船老大没能预见到，便眼睁睁看着自己的船被冻在海上，有家不能回，几天后才让部队的直升飞机接到岸上。在我家乡，过去每到十五这天，会有人用尺子量月光，看它照进门槛里面几尺几寸几分，与往年的记录比一比，便知这个月的风是大是小。

自古以来，有许多人观风、占风，形成一门高端玄妙的学问。当年函谷关令尹喜，见有紫气东来，便断定有圣人莅临，果然，是老子骑青牛过关。诸葛亮料风如神，早作筹划，才取得了火烧赤壁大破曹军的历史性胜利。

能预知未来风况的，还有一些非人灵物。

山东莒县，城西有浮来山，山中有定林寺，寺中有银杏数株。最大的一棵在前院，树龄三千多岁，被人誉为"银杏王"。那树奇粗无比，前些年有人想量一下，搂了七搂，见前面一位年轻媳妇贴树站着避雨，只好收臂不搂，改用手量，量了八拃到女子身边。于是，"七搂八拃一媳妇"，便成为形容这树干周长的形象说法。"银杏王"的树冠硕大无朋，盖住了大半个院子。每年秋后，朔风刮来，寺中满地铺金。2012年6月初，我陪客人游寺，却发现银杏树下有大片落叶。绿叶刚刚长出，为何纷纷落地？当地朋友说，这种事从没有过，已惊动县里市里，从省城京城请来多位专家会诊，却形不成共识，拿不出解救方案。这事在民间更是引起恐慌，都说"银杏王"要死了，许多人来山上磕头祈祷。我听说此事，手捻干叶忧心似焚，回城后经常打听消息。

7月底，"达维"台风在太平洋上生成，几天后在江苏响水县登陆。气象专家在电视上侃侃而谈，说"达维"将继续北上，穿过山东半岛。哪知道，8月2日，它在日照市海岸线的最南端突然转向90度，朝西北方向狂奔。台风的这种魔幻走法，历史上十分罕见。"达维"所向披靡，树倒屋塌，浮来山上的树木也被吹得七歪八倒，断枝落叶一片狼藉。然而，台风过后，人们惊奇地发现，"银杏王"因为树枝光秃，几乎是毫发无损。于是，民间就有了一个说法：那棵老树太神了，他预先知道台风要来，明哲保身，早早卸掉了一身叶子。为何能有此等壮举？人类不懂。老树懂得，却不吭声。反正自那以后，它每年叶生叶落，严格守时，从没有异常现象发生。

人们很难活过百岁，谁都不能说已经了解并掌控了世界。拿气象学来说，我现在已经懒得研究它，觉得有专业人员为咱操心，用不着自己预测。再说，我已脱离农村，不事稼穑；家乡的父母也已入土，不食人间烟火，所以我对天气状况越来越不关心，麻木不仁。

但我很想知道一件事情：当我"四大分离"的时候，会刮哪风。

我很想那天能来一场西北风。那样，我的灵魂化为一缕青烟，从火化场的烟囱里钻出来，会随风飘走，去两万里之外的一个岛国。因为，女儿一家住在那里。

转念一想，有"赤道无风带"的存在，我是去不了女儿住处的。那就来一场东北风吧，让我悠悠然回到二百里之外的故乡。

我到父母身边，天天陪伴他们。到那时，父亲再问"今日刮哪风"，我会及时观察，即刻报告。

基因

羊年正月十七，家父因病去世，享年八十一岁。

治丧的第二天，父亲火化。按照习俗，近亲要在开棺时看他最后一眼。我身为长子，站在离父亲头部最近的地方。当别人把棺材盖揭开的一瞬间，我竟然看见爷爷躺在里面！

仅仅是瞬间的恍惚。逝者身份毋庸置疑。但是，父亲此时已经消退了弥留之际的面部浮肿，像极了二十多年前的爷爷。

一片号哭声中，父亲被抬上乡里的殡葬服务车，去了九十里外的火化场。进炉四十分钟，他化为一具白骨。我们收拾妥当，上车回去。到街口停车，我抱着骨灰下来，亲人们在我面前跪成一片，身上披挂的孝布白森森刺眼。

两位堂叔将父亲的骨灰装进棺材，我坐到墙角喝水休息。一位女性亲戚说：德发，你说奇怪不奇怪，刚才我看着是恁大大抱着骨灰盒下了车！你现在胖了，真像二十年前的恁大大！我听了点头：这不奇怪，谁叫我是俺大大的儿子呢？

这样的错觉我早就经历过。那年我回老家，忽听外面吹吹打打，就问父母是谁老了。父亲说：王德利。听他说出这名字，一个高个子男人的形象立刻闪现于我的脑际。我当年见过他，他走路时身体前倾，一双外八字脚慢腾腾挪动。我起身去门外观看，看到走在送葬队伍前面的孝子，不禁大吃一惊：那不就是王德利吗？他正前倾着身体行走，慢慢挪动一双外八字脚。与我以前所见不同，他今天披麻戴孝，边走边哭——王德利没有死，他在为自己送葬！也只是片刻的恍惚，我马上否定了自己的判断。那不是王德利，是他的大儿子。我记忆中的年轻小伙，二十年下去，成了酷肖父亲的中年汉子。

生物界的遗传，是地球上最为神奇的事情之一。一份微乎其微的基因，传给下一代之后，就决定了其形状、秉性甚至寿命。就一个人来说，他的身高、肥瘦、肤色、血型，甚至一片指甲的扁或圆，一条皱纹的长或短，都可以从父辈身上找到渊源。当然，有了母亲的参与，下一代不可能都去克隆父亲。令人费解的基因变异，也可能让下一代面目全非。然而，生命的链条大多是环环相似，不绝如缕；神奇的基因方生方死，方死方生。

我的基因从哪里来？我曾经认为，如果追根溯源，要追到七十万年前北京周口店的山洞里。以前每当看到书本上"北京人"的塑像，他那高突的颧骨和前伸的嘴巴，都让我生出亲切感和敬仰感。想想他们茹毛饮血的艰辛生活，心中竟会生出几分疼惜。当然，我也对资本主义国家的人类祖先海德堡人、尼安德特人心存敌意，觉得他们高鼻凹眼，面目可憎。

然而我错了。错的不只是我，还有一些科学家。近年来的人类学研究成果，尤其是分子人类学运用基因分析得出的结论是，无论是东方的北京人，还是西方的海德堡人、尼安德特人，几万年前就已断子绝孙。现在全世界的人类线粒体DNA基本相同，平均歧异率为0.32%左右，而线粒体DNA又是严格的母系遗传，因此，现代世界各种族居民的线粒体DNA，都是从一个共同的女性祖先那儿遗传下来的。那位女性大约生活在二十万年前的非洲，是全人类的祖奶奶。

这位祖奶奶并不是夏娃，她不是非洲伊甸园里的唯一女性。她可能还有姐姐妹妹，身边还有众多的同性异性，然而，只有这位祖奶奶幸运，别人都没留下后代，只有她子孙繁盛，瓜瓞绵绵。瓜秧在六万年前爬出非洲，到了世界各地，受气象、地理等因素影响，结出了白皮瓜、黄皮瓜、棕皮瓜。留在非洲的，则被炽烈的阳光晒成了黑皮瓜。尽管皮色不一样，但都有一个共同的基因组。任意挑出两个人，其基因序列有99.9%以上相同。那不到0.1%的不同，形成了地球上千差万别的芸芸众生。

我是一个黄皮瓜。六百多年前，一些瓜秧被中国的统治者在山西薅起，扔到中原及华东，以填补兵乱灾疫造成的荒凉。苏北海州有一个瓜，向北移动一百多里，在沭河东岸生发新的秧苗，结出了二十多代黄皮瓜。这些瓜遍布两省六县四十八个村庄，目前在世者包括配偶有两万多。2008年清明节，这些人选出几百名代表，齐聚共同的老家赵家临沭村，向长眠于此的那个老瓜致敬。族老让我撰写祭文，并担任主祭。在念罢祭文、跪倒在那座坟前时，我真切地感受到了基因的力量。

其实，让基因大量复制的男人，可谓恒河沙数。最强悍者莫过于蒙古族男人成吉思汗，他只比我的老祖宗赵全年长二百来岁，据牛津大学人类基因研究所2003年开展的一项基因测试显示，他通过六个蒙古族妻子，通过多个臣服于他的国家的公主，通过儿孙征战欧亚大陆时的无数女性俘虏，在全世界留下了至少一千六百万男性后裔。请注意，这只是男性后裔，女性后裔尚未统计。沭河岸边的赵氏祖先困守田园，专事稼穑，女人有限，后代数量根本无法与成吉思汗相比。

赵家后代虽少，却也占去了许多土地。二百年前有那么一家，地少人多，只好分头向外迁徙。有一个人向东南方向走了二十多里，来到一个叫宋家沟的山村停下，向当地人提出居留申请，获得宋姓族长恩准。然而这人生下两个儿子，却生不出孙子，就回老家商量，想过继一个。老家的人不同意，爷儿仨一不做二不休，决定去抢。沭河东岸有个板泉镇，老赵家的人常去赶集。这天，爷儿仨请几位姓宋的壮汉帮忙，去集市上转悠。他们不敢抢长相好的，怕惹大祸，就选定老赵家一个头上长满秃疮的男孩下手，将他又推又拉，挟持到宋家沟才去老家报告。好在小秃子还有弟弟，他父母和族长顺水推舟送了个人情。我那位秃子祖宗能干，与本村一位姓宋的姑娘结合后，接连生出四个儿子。其中一个给财主家当长工，正月十五吃了汤圆却不老老实实待着消食，和财主家孩子追逐嬉闹，结果让一肚子汤圆撑死。剩下的三兄弟，是宋家沟赵家的三位先人。

三位先人生出几代儿孙，到我爷爷这里，基因故事生出一段传奇。本来，邻村一位甄姓女子嫁给他，却在生第一胎时遭遇血光之灾。我那位姑姑落草即殁，奶奶虽然还喘气，却流血不止昏迷不醒。我老奶奶烧开一锅水,锅边支起一块门板,让别人将她儿媳妇抬上去,扯过她的头发放到沸水里煮。据说,若能把她的头发煮出血来,她就会活命。可是煮了半天,锅里还是清水,儿媳的头发虽热,身体却渐渐凉透。

我小时候跟随大人上坟,经常跪到这位奶奶的坟前磕头。但那时我对她没有多少感情,因为她的娘家弟弟在她坟墓东边看护甄家沟的公有山林,对我们不够意思,我和小伙伴们去那里拾草,从来不被允许。那位三舅姥爷身体高大,绰号"三长腿",哪个去他地盘上拾草的人也跑不过他,他追上之后不只要呵斥一顿,还可能把你的草筐砸碎。他和大哥以及几个侄子都当过兵,有人评论这家人,"一听打仗,头插蜂窝里",意思是喜欢上战场。三舅姥爷1950年参加舟山战役,他大哥在解放军的另一支队伍里,也开到了附近。大哥请假去看望三弟,见战斗打得正热,立即摩拳擦掌,抄家伙上阵过一把瘾,这才与三弟叙说手足之情。许多年来,每当我们赵家有丧事,甄家必定前来吊唁,一帮人上前磕头,一律的大个子,国字脸,剑眉星目。我曾怔怔地看着他们想,要找纯爷们,就从甄家找。如果当年我老奶奶能把那一锅青丝煮出血水,我们家族的基因图谱会被大大改写。我可能会沾了甄家的光,成为雄赳赳的武夫,而不是百无一用的书生。

爷爷基因的成功复制，靠了我的亲奶奶。亲奶奶虽然身材矮小，却在给爷爷做了"填房"之后，三十多年生下十胎，有五男三女成活。我五叔1954年降生，他大哥也就是我父亲同年结婚，第二年生下了我。我因母乳不足，常与五叔争吃奶奶的奶水，奶奶不堪其扰，这才意识到自己应该光荣引退，从此不再生养。以后的二十四年间，她的五个儿子为她贡献了十个孙子。

奶奶是个很有意思的人，她的一些言行成为段子，至今在乡亲们中间流传。我老爷爷酷爱赌钱，他的两个儿子耳濡目染，也常去赌场一试身手。一般而言，女人都是要阻止丈夫赌博的，我奶奶偏偏支持。不只是口头上的，还有实际行动。每当爷爷去赌，她都煮上几个鸡蛋，将其染红，揣进兜里跟着去。赌局一开，奶奶就站到爷爷身后，笑眯眯的，将手中红鸡蛋晃来晃去，这样做的结果，爷爷果然常常赢钱。奶奶说，是她招来了财气，爷爷的赌友却说，你招个屁，是你把俺的眼给晃花了，头晃晕了，你男人才得手的！

我二奶奶和嫂子不一样。她出身书香门第，过于清高，从不支持我二爷爷赌钱，结果是经常挨揍。二奶奶嫁给二爷爷，是因为基因缺陷。她母亲爱上了舅家表哥，非他不嫁。生下的儿子发育正常，生下的女儿却有两只畸形手，像鹅掌肉蹼，中间仅有几道缝而已。因为这个缺陷，二奶奶才同意嫁给二十八岁还没成家的二爷爷。说媒时，媒人将这缺陷瞒着，同时也没将赵家的穷困告诉女方。女方来了个长辈到宋家沟"相门"，也就是考察，媒人将别人家的房子指给他看，将别人家的牲口指给他看，巧舌如簧成就了好事。媒人并没有料到，这桩亲事对于赵家而言，是带来了基因革命。二奶奶没上过学，却从她上学的哥哥那里学会了认字，出嫁时带来一些书，在宋家沟整天阅读。我的堂姑堂叔，个个脑子好使。其中有几个连一天学也没上，却上知天文下知地理。第三代、第四代也大都优秀。二奶奶一直活到九十岁。

二爷爷的五个儿子，有四个年纪未老就白了头发。我爷爷的五个儿子十个孙子，都不是少白头，却有另外一个标志：耳朵眼里长毛。凡是给我们理发的人，都要多一道工序，将那些从耳朵眼里斜逸横飞的毛发仔细剪除。但我们这些耳朵眼里长毛的人，上下两代秉性不同。父亲那一代，除了二叔因为是县商业局干部，修养良好，其他四个都是属爆竹的，点火就炸。而且，特别喜欢炸亲兄弟。我一直想不明白，为什么他们兄弟之间要相互挑剔，横鼻子竖眼；要相互诋毁，睚眦必报。本来，二叔有些权威，兄弟们听他劝告，可惜他十年前因病早早离世。父亲虽然当过二十年的村支书，却没能在弟弟面前树立权威，并且时常卷入争斗。八年前三叔去世后，四叔五叔成为一对冤家。别的家庭在一起喝酒聊天其乐融融，我们家的宴会如有他俩参与，空气中便充满了火药味道。两个叔叔无论谁说话，另一个都要针锋相对，往往弄得大家不欢而散。

他们是继承了舅舅的风格。我的几个舅姥爷，也就是奶奶的几个兄弟，身上散发着一种可以称作"匪性"的东西。其中一个舅姥爷年轻时去赶集，走在路上见一位陌生人不顺眼，一膀子把人家顶到路边深坑里去，差点要了人家性命。他们兄弟之间，也是相互敌视、贬损、争吵、打斗。因为他们这样，爷爷去世后，我的父辈很少去舅家走动。有一年春节后，奶奶忽然对我父亲说，恁弟兄们去武阳走一趟吧。父亲就和四个弟弟带着礼物，去了那个叫唐家武阳的村子。那时他们有三个舅舅活着。一家一家走过，最后在四舅家吃饭，可是五舅六舅都没参加。四舅吃着吃着，就开始讲他两个弟弟的种种不是，还特别强调,"今天老五不来吃饭就不对",接着起身离去,长时间没有回来。兄弟五个正坐在那里疑惑不解,有人跑来说,老四到老五家打起来了。兄弟五个急忙去拉仗,好容易把他们拉开,便离开唐家武阳往回走。走到中途,听后边有人叫喊,原来是六舅追来了。六舅气喘吁吁来到几个外甥跟前,嘱咐了这么一句:"恁妈妈不死,恁就甭来了。"算得上一语成谶,这年中秋节后,我奶奶中风离世。出过殡,孝子们当然要去姥娘那里上坟。烧过纸磕过头,二叔就对陪同的四舅说了正月里六舅对他们的嘱咐。四舅一听,感觉对不起老姐姐,放声大哭,掩面回家。

三年前的春节期间,我在日照请我二叔的后人吃饭。两个堂弟一个堂妹,连同各自的儿媳和女婿,坐了满满一桌。酒酣耳热之际,我讲起了父辈们的脾气,并且指出,匪性到了我们这一代,已经基本消除。大堂弟立即说:在我身上还有残留。惹得大家都笑。他是现役军官,大校军衔,脾气还是有一些的。这两年,我父亲有病不出门,在场合上聚首的只有四叔五叔。我们多次劝说他俩,要忍让,要和睦。我还直截了当地讲,你俩可不能成为四舅姥爷和五舅姥爷的翻版。两个叔渐渐听劝,冲突慢慢减少。

来自母系的聪明文雅、性情平和，让我终身受益，也抵消了来自父系的多种负面因子。但我的父系也有正面因子，譬如说，我们祖孙几代虽然长相一般，但还算得上五官端正，貌似"正面人物"。我上面的几代男性虽然性格暴烈，却都有耿直的一面。五叔曾对我说：德发，甭看你怪有名，其实你比不上你老爷爷当年的名气大。为什么名气大？他赌是赌，但是输了钱从不拖欠，在临沂东乡赫赫有名。我父亲当大队党支部书记二十年，不贪不占。举例来说，那些年县里会分给各村招工名额，这事最能检验村干部是否大公无私。我们村先后分到几个名额，父亲自己没留一个，都是让给了人家，我们兄妹都是靠自己打拼。我参加工作以来也当过几样小官，但我可以负责地讲，"正直"二字，还能担当得起。

基因也会给人带来烦恼。自我父亲起，到我，到我女儿，再到我外孙女，四代人都是过敏体质。我小时候有一种叫作"齁"的毛病，一旦发作就喘不开气。父母用了好多办法给我治，请人用针挑喉头，入伏这天大量吃瓜，甚至吃人尿浸过的熟鸡蛋，收效都不大，后来才知道那是过敏性哮喘。我女儿、外孙女小时候都这样，多亏能去医院用药,及时缓解病情。父亲一辈子身上害痒,快离世了还离不开扑尔敏和苯海拉明这两样药。而苯海拉明是我小时候的常用药,因为我生了七八年荨麻疹。我女儿和外孙女生活在新西兰,那里一年四季都有鲜花,母女俩偏偏对花粉过敏,一不注意就会脸上长癣,喷嚏不断。我女儿小时候,曾向我宣布她的一个考察结论:"我姥姥单眼皮,我妈单眼皮,我也是单眼皮,我生个孩子也是!"果然,她的两个孩子,上眼皮都没有皱褶。

我家乡有句老话,叫作"血脉亲",指有血缘关系的人们天然亲密。我至今清清楚楚记得,我女儿降生后,我爷爷的那份欣喜。有一天,他脚步蹒跚来到我家,笑着从怀里掏出一把鸡蛋,让我妻子炖给他重孙女吃,而后艰难地转身回去。在那一刻我发觉,年老体弱的人转身是从上而下——先转上身,再转两腿。他那转身的动作与发自内心的笑容,让我何时想起何时感动。前年正月,我父母一齐发病住院,我们兄妹五个立即聚到一起合力伺候。半个月后父母回家,我们改为轮流值班,每人五天。直到两个老人先后离世,两年间谁也没有怨言,相互间从没发生过争执。为什么?就因为我们身上有父母给的基因,养老送终发自我们的本能。前年二老疾病初发,我女儿先从国外打来一万元,听说爷爷病重,又回国看望了一次。去年她奶奶因心脏病突然离世,她赶不上出殡时间没能回来。今年一听说爷爷病危立即启程,飞越上万公里回来,跪在爷爷棺材前双泪长流。她回新西兰的头一天我在北京开会,买了些京城小吃连夜赶回来送她。两天后,我在QQ空间看到,外孙女将她妈带去的点心晒出来,称我是"中国好姥爷",我像得了国家级大奖一样陶醉……

有哲学家指出:生命的本质,就是生存与繁衍。山东有一首民谣:"吃了饭,没有事儿,背着筐头拾盘粪儿,攒点钱,置点地儿,娶个媳妇熬后辈儿!"最后一句话,道出了老乡们来世上走一遭的最高目标。那个"熬"字,更是透露出繁衍后代的万般艰辛。在中国过去的宗法社会,如果一个家族的血脉中断,在家谱上的记载无以为续,那是最严重的过错与耻辱。"不孝有三,无后为大",没有儿孙的人简直不配做人。这就将生命本质当作了道德标准,进而成为纲常,成为天理。在我家乡,过去为了"有后"而处心积虑、不择手段的故事比比皆是。有一个女人,膝下有了两个孙女,便悄悄找来个男人给儿媳"换种"。那位叔公份上的男人不负婆媳俩厚望,果然让她们有了男孩。而那个被戴了绿帽子的小伙,竟也欢欣鼓舞,连忙带着油条鸡蛋去岳父家报喜。人们即使有了后代,那也要多多益善。我的四叔,生了一个儿子两个女儿,被迫做了结扎手术。这天他喝了酒,想起当年有个瞎子给我奶奶算命,说她"五个儿,十个孙,有多有少不平均"。四叔觉得我父亲生了三个儿子,占用了他的指标,扛了一把大铡刀,到我家门口跺脚大骂。

走笔至此,我要写到我的基因复制了。说实话,下面的内容到底写不写,我很纠结。我这人一直谨小慎微,甚至爱面子图虚荣,要将这件隐私公之于众,无异于上街裸奔。我说给老婆听,老婆也立即瞪眼,担心惹人耻笑。我说,不把自己的事情加上,这篇文章就不够充实。老婆说,那也不能为了写文章把自己卖了!我犹豫了一番说,这不是卖,这叫坦诚。到了花甲之年,啥也不必顾忌了!于是,她在一边唠唠叨叨,我横下一条心,啪啦啪啦继续打字。

我的基因如何传承,是我家长辈很早就操心的事情。我十六七岁时,有的小伙伴定下了亲事,母亲不甘落后,也求人介绍。其实在这件事上,她并不能做主。做主的是谁?不是我,也不是父亲,是奶奶。我奶奶是我家基因工程的总设计师,儿媳妇、孙媳妇的选定,都要由她亲自过目并拍板。我二叔当年在县城和百货公司的一个售货员搞对象,她放心不下,一定要亲自考察。正值"大跃进"年代,二叔的对象到乡下一个炼铁工地上卖货,奶奶骑上一头老驴,从日出走到日落,终于走完八十里路,在一座座"土高炉"冒出的浓烟里看了一眼她的准儿媳妇,第二天又用一整天的时间骑驴回家。1965年,十岁的我和十一岁的五叔同在邻村读五年级,奶奶想迎来新的考察机会,有一天面授机宜:"你俩都上高小了,要是看中了哪个女的,就给她写字条!"我们叔侄俩听了害羞,背着书包一溜烟跑了。可惜,我们在校期间没发出过一张字条,后来找媳妇还得靠媒妁之言。

我至今记得奶奶为我相亲时的样子。她向村外走时迈动着小脚仰着脸,矮胖的身板挺得笔直,完全是一副总设计师的派头。她穿着蓝色大褂,左胸上方钉着一块白色"餐布子",如有鼻涕抓过擦擦,擦罢往左肩后一甩,姿势潇洒而威严。走到媒人指定的相亲地点,一帮人停住,眼看着女方一群人渐渐走近。双方相距有十几米远,媒人叫停,众人举目观察目标。我是不同意小小年纪就定亲的,但又做不了自己的主,便站在那里漫不经心。双方观察一阵,后撤几十米分别讨论。这边,母亲说行,姑姑说行,婶子说行,奶奶最后将两手一比画:"腚盘子那么宽,保准能养。咱要了!"

定亲到结婚是六年半。老婆在1979年大年初三嫁入赵家,春天怀孕,年后产下女儿琳琳。那时我一心想当作家,先后担任公社和县委干部,却是有空就写,对家里的事情很少过问。有一天老婆说:"咱够条件了。"我说:"够什么条件?"老婆说:"生儿子的条件呀。"我这才想起上级的一项政策:家属户口如在农村,第一胎是女孩,满六年后可以再生一个。我说:"生就生呗。"老婆就回到老家,拿来一张乡里发的准生证。她兴奋得不得了,给即将到来的儿子起好了名字。然而一年下去,她的肚子没有动静;两年下去,还是平瘪如初。

我家基因工程总设计师正等着抱重孙子,每次见面都要催问。有一次回去过年,老婆跟着一群妇女给奶奶磕头。我奶奶每到过年都会收到儿孙们奉献的礼物,光是酒就收到好多。凡是有人送来,奶奶必定立即打开,喝一口尝尝,所以年前年后奶奶家中酒瓶摆成一片,个个都开过盖儿,有的没盖严实,逸出的酒气氤氲满屋。

在这种氛围里,奶奶瞅瞅我老婆的大腚盘子,守着众人板起脸道:"养个小丫头片子就算啦?琳琳她爷爷她爹戴过的坠子就不用啦?"我老婆禀告:"坠子瞎了。"瞎,就是丢的意思。我奶奶大为震惊,立即调查这件事情。

在我的家乡,过去有男孩戴耳坠的习俗,一般都是长子长孙。在男孩出生后的第三天,由他奶奶或老奶奶亲自扎眼儿,亲手给他戴上。据说,这耳坠能维系主人性命,保证家族繁衍,去香烟断绝之虞。孩子戴着它长大成人,到了洞房花烛之夜,媳妇亲手给他摘去。摘去后留给儿子,儿子留给孙子,代代相传。这种耳坠用银子制成,一寸来长,圆柱样儿,在靠近底端的地方还有一圈细沟。为什么弄成这个样子,我起先不明白,后来读了《性崇拜》一书才恍然大悟:那是男根的象征,昭示着基因传承。

我戴的耳坠,是爷爷传给我父亲的。父亲真的戴到结婚这天,由母亲给他摘去。第二年,耳坠又到了我的腮边。八年后这项风俗基本绝迹,上学时每每有同学讥笑我,扯我的耳坠让我害疼。这天我忍无可忍,悄悄摘下,回家后被母亲发现。她从我兜里搜出后,要再给我戴上,我两手抱头猪嚎一般。母亲只好收起,说留给孙子再戴。

老婆定亲后第一次到我家，就发现了我左耳垂上那个不再通透的肉眼儿。她怀孕时，向母亲问起耳坠的下落，母亲却说：瞎了，我当年搁在粉盒里，放在床上边浮篷顶上，后来再找就找不着了。

奶奶把丢耳坠当成了大事，埋怨我母亲不小心，说那个耳坠要是还在，她早就抱上重孙子了。母亲自知理屈，一个劲地唉声叹气。妻子也埋怨我："就怪你早早把坠子摘了！"

老婆不甘心，想努力摆脱耳坠丢失这个魔咒。她认为自己的生育机制出了问题，四处求医，买来药大吃特吃，光是熬中药的砂壶，就燎坏了好几把。我劝老婆说，算了，反正咱们还有个优秀的女儿。老婆却觉得，不给赵家生个儿子就是严重失职。1988年秋天，我去山东大学作家班开始了为期二年的学习，她在家里照旧吃药，继续为希望工程筑基。有的亲友了解当时的生育政策，频频向她问询情况，她压力巨大，神经绷到极限，有一回自己在家灌下一瓶白酒，跑到邻居家中大哭不止。

老婆哭罢，又找医生。医生说，让你对象查查吧。老婆等我放假回家说了这事，我当即大怒："我检查什么？我能有什么问题？"但经不住老婆一再纠缠，只好去查，拿到的结果是"精子过少"。我一下子蒙了："这怎么可能？我是生过一个女儿的呀。"医生说："精少并不意味着不能生育，只是概率低一些。"

得知这个结果，妻子大哭，说这几年的药白吃了。还说，问题不在她那里，她头顶那块乌云也飞走了。哭罢，让我抓紧去治。我说治什么呀，你看跟咱同龄的干部，都是只生一胎嘛。妻子说，他们是双脱产，没办法，咱们有准生证为啥不生？回老家时，她向二老讲了此事。二老大为骇异，当即拿出二百块钱让我吃药，我不得不听。山大开学后，我去应付几天，谎称家中有事，请假后悄悄去了北京。

那是我平生最为黑暗的一段时光。我蛰伏在团结湖旁边由防空洞改造成的简易旅馆里，住着一天六块钱的床铺，一天三次爬上地面去买东西吃，隔几天便去附近那家专治男性不育症的医院就诊。在那里，我体会到了什么叫作"奇耻大辱"。耻辱莫过于医生和病友说的"阅兵"——将你提供的检材放到显微镜下，通过电脑屏幕检阅你的兵丁。兵丁是多是少，是强是弱，是正常是畸形，清清楚楚。我看见，我的兵丁是那么稀少，靠这些散兵游勇攻城略地，真是难以取胜。医生也不体谅兵丁的主人，居高临下指指点点，像军事专家一样分析来分析去；阅兵场合完全开放，病友们围观，评判，嘻嘻哈哈。我实在忍受不了，催促医生开药，取来后灰溜溜回去，急乎乎钻入地下。

一天一天地熬，熬过几天再去检查，兵力并没有多少起色。我回到小旅馆，夜不成寐辗转反侧。我追问我来这世界上的最终目的，追问人生的根本意义。我还对人类的繁殖方式心生质疑。我想，为什么要男女结合搞得如此麻烦？如果是单性繁殖就简单多了，最好像孙悟空那样，拔一根毫毛就变出一个。即便不能那样，学习杨树柳树也可，截一段枝条插下，就能长出新的一株。我还考虑过，该从身体的哪个部位截取，选来选去，觉得砍手指和脚趾最合适——有二十个之多，砍下几个无伤大雅，以指（趾）头换孩子，性价比也高。

再一次走进诊所，看到疗效依然不佳，我转身走到街上，看着熙熙攘攘的人群，突然觉得自己可怜可笑。我预感到，再这样继续治下去，我会神经错乱，会发疯中邪。我想：没有儿子就不能活啦？我还有个可爱的女儿，将我和妻子的爱全部倾注于她的身上可不可以？我家香火断绝又有什么，我靠我的文学创作延续生命，岂不是更有意义？于是，我离开住了半个月的地下室，回去向老婆讲了我的想法。她听了流泪道："真是等不到咱儿子啦？"不过她很大度，哭一阵子安慰我：认命吧，你去学习吧。

怀着对老婆的满腔愧疚，我到山大认真听课，发奋写作。我写出了短篇小说《通腿儿》，获得《小说月报》第四届百花奖，此后接二连三发表新作。妻子为我高兴，也为我继续保守生育秘密。有人再问，她都以干部只能生一胎的政策来搪塞。知道我们有准生证的人如再问，她便说，德发一心想当作家，不想多个累赘。就连她的亲娘，至今也不知道我们生不出二胎的真正原因。然而妻子在我写这篇文章时，说她其实一直没有忘记那张准生证，经常拿出来看看。外出时看到一些男孩就想，如果有个儿子，也会活蹦乱跳招人喜爱，长大了也会成为帅哥，引得一些女孩想给咱们当儿媳妇，想给咱们生孙子。说着说着她大哭不止，将积攒了多年的委屈尽情释放了一回。

我虽然致力于写作，但因为身患隐疾，还是一直关注着基因方面的事情。我见媒体上说，现在男人的生殖能力越来越弱，尤其是精子数量急剧减少。丹麦的一个学者，经过分析大量数据，发现人类男性精子数目在五十年中降低了40%以上。在2003年召开的世界卫生组织"环境对生殖影响的国际研讨会"上，科学家们郑重发出警告：全球人类精子质量正在不断下降，每毫升精液的精子密度由1.13亿个下降到0.5亿个，下降了62%。有的医学专家讲：如果再这样下去，五十年后人类就要断子绝孙。男人已经成为濒危动物，必须赶快拯救！看到这里我自嘲：咳，咱也是濒危动物中的一员，领风气之先了！

是什么原因让众多男人如此尴尬？研究者给出了结论：环境污染、药品滥用、生活习惯改变、男人内裤过紧、手机装在裤兜里等等，但哪一条也得不到专家们的一致认可。有人指出，不只是男性生育能力下降，女性也是如此，你看，现在有多少年轻女性不孕不育？这些现象令人费解，难道其中蕴藏了某种天机？

人们正在困惑着，生物克隆技术横空出世。科学家成功克隆出一头羊，全世界为之惊慌，许多国家的政府与科研机构立即宣布：禁止进行克隆人类的试验。然而，人类对于上帝职责的僭越，比色鬼偷情还要踊跃。2007年，美籍哈萨克斯坦科学家沙乌科莱特·米塔利波夫的团队，成功克隆出了猕猴的胚胎干细胞，向世界宣告了克隆灵长类胚胎干细胞的可能性。相信不久的将来，"克隆人"会在地球上出现，以诡异的姿态行走在我们身边。

一方面，男人的性能力急剧退化；一方面，人类克隆技术急剧成熟。这意味着什么？难道人类繁殖方式将出现一个质的改变？我认为是可能的。当然，麻烦也有。我老婆得知消息兴奋地提议，要去克隆一个我。我献疑道：克隆出的这个家伙，到底是我呢？还是我的儿子？

人类在基因上继续大做文章。最了不起的事情，是完成了人类基因组测序，揭开组成人体4万个基因的30亿个碱基对的秘密，绘制出人类基因谱图这部"天书"。现在，对于个人的DNA检查逐渐风行，你拿到检查结果，就会知道你是什么性格，智商如何，一生中会得哪些疾病，大约在什么年龄一命呜呼。以后人们谈婚论嫁，可能要审查了对方的基因检查报告，才决定是否同结连理。还可能因为基因信息无法保密，某些人在就业、升职、竞选等诸多方面受到限制。未来社会的"基因歧视"，已经成为许多人的心病。

人类不满足于对基因的了解，还致力于对它的改造。目前，全世界有无数学者和医生都在从事基因疾病的研究。因为大多数遗传性疾病是一个基因发生突变造成的，他们就费尽心机去找那个基因。就像在万里长城上面寻找一个小妖，看它藏在河北段还是山西段。如果是山西段，它是在哪座山的哪一截，在哪一个垛口的后面。如果将它抓住，便"对因下药"让那个基因变好。即使没有能力使其变好，就想办法让坏基因推迟开启时间，或者成为"沉默基因"，在一个人的一生中都不发作，让生命大大延长。

但是，基因科学的发达，并不都给人类带来福祉。关于转基因食品的争论不绝于耳，对于基因武器的恐惧又让人忧心忡忡。据说，有的国家已经在悄悄干这件事了。他们通过研制转基因药物，或者让对方将士改变生理状态，削弱其战斗力；或者培育出"超级士兵"，譬如几天几夜不睡觉照样能打仗的那种，让自己一方获得超常战斗力。通过基因重组技术，还会制造出各种生物武器，如致病细菌、毒素等等，投放到对方那里，使疾病迅速传播。另外还可能在战前使用基因武器，将对方的人群、环境大大破坏，导致一个民族或一个国家丧失战斗力，在不流血中被彻底征服。

读到这些，我不寒而栗。我一边战栗一边想，咱们都是二十万年前那位老祖奶奶"熬"生来的后人,为什么要不共戴天自相残杀?

庆幸的是,基因武器还没有真正投入使用,"克隆人"也还没有出现,人类的基因还能够按照正常方式继续传承。活在地球上的人,一茬一茬,生生不息。血亲之间外形相似,秉性相近。在中国百家姓氏的各个墓地,累累旧坟记载着以往的基因链条;新坟也在众人的哀哭声中不断建起,将凝固的基因链进一步拉长。

我父母坟前,虽有大片空地,但以后不会用得太多。我死后即使葬在这里,坟前永远会是荒草连天。因为我没有儿子,是家乡人说的"绝户"。

但我是有基因存世的。我传下的基因在大洋洲,离我的居住地有上万公里之遥。十六年前,我女儿到新西兰念书,后来与一个从广州移民的青年结合,生下一男一女。我读美国著名遗传学家、作家斯宾塞·韦尔斯写的《人类前史》一书,才知道人类祖先六万年前走出非洲时有两条路线:一路北上,去了欧亚大陆,再从东亚去了美洲;另一路沿着海边向东,去了南亚次大陆、东南亚、华南及大洋洲。书上说,中国北方的汉族人和南方的汉族人,他们彼此之间的亲密关系,更多的是地理上的，而不是民族上的，因为他们是几万年前两个不同部落的后代。

想想我那广东女婿，身材矮胖，额头突出，真是和北方人不一样。我的外孙和外孙女，身上有父亲的影子，也有母亲的影子。

这两个孩子，长大后会各找什么样的配偶？他们的孩子会漂流到哪个国家哪个地方？若干年下去，那些由不同基因组合而成的后代，能知道他们身上有一份微乎其微的基因，来自一个叫作赵德发的中国男人吗？

我的眼前，一片苍茫……

姥娘

我童年时的大部分光阴,是在姥娘身边度过的。

我一岁半时,母亲生下了二弟。我那时没有掐奶,因为我们那儿有一惯例:母乳如不退尽,就要让孩子一直吃下去。一岁半的我还没吃够奶,就和二弟争夺母亲的怀抱,一见二弟吃奶就对他又抓又挠。见兄弟俩争啊抢的,母亲就给二弟起名为"团结",希望我俩互相谦让和睦相处。但我不干,依然往母亲怀里拱。二弟是属猴的,生下来也精干如猴。母亲说:"团结本来就瘦,偏遇上个抢奶的,这可怎么办?"父亲想了想说:"叫潮儿去抢他五叔的。"立马就把我抱给了奶奶。奶奶那时正哺着我的五叔。他比我大一岁。奶奶的奶水本来就将尽,不想又添了我,五叔极不满意,于是叔侄之间战火频起。奶奶不胜其烦,没几天就将我送了回去。正在母亲为难的时候,姥娘到我家说:"叫潮儿跟着我吧。"从那以后,我就常住在村南头的姥娘家中了。

姥娘没有奶水。她给我的,是一天几顿"补粥":小米面加水,用铁勺在火中熬成浆糊状,冷却后再撒一点糖。在我们那儿,凡缺奶的孩子都吃这种饭食。这东西好不好吃,我不记得。但母亲说过,自打吃了姥娘的补粥,我再住在家里时,就不和二弟争奶了。

吃了不长时间这东西,姥娘说我牙硬了,该换饭食了,就又做些别的给我吃。那时候白面稀罕,而姥娘隔三间五就要和上小半碗,揉成棒槌状,插上一段铁丝,在灶膛火灰里烧给我吃。那"面棒槌"烧好后掸净灰,皮儿焦黄,香味四溢,好吃极了。长大后我曾多次想我童年最初的记忆是什么,想来想去总是姥娘烧给我的面棒槌。因为好吃,那时我每当将它拿到手,便举到姥娘面前边晃边唱:"馋,馋,馋狗牙!馋得小狗满地爬!"姥娘便舔着嘴唇说:"哎哟,俺真是馋坏啦!快吃快吃,不吃俺就抢啦!"说完就张大那缺齿的嘴,凑近面棒槌作欲啖状。我果然吓得不轻,急忙转过身去狼吞虎咽。有时候我吃剩了,姥娘说:"俺也尝尝。"就用牙尖咬下一星儿,一边在舌尖上抿着,品着,一边把剩下的藏好,留给我下一顿吃。

小时,我患有严重的过敏性哮喘症,一犯了就喘不开气儿,嗓眼里咝咝有声像木匠在拉大锯。姥娘说:"天不怕地不怕,就怕潮儿拉大锯。"我犯病往往在夜里,整夜整夜地不睡,光哭。每当这时,姥娘就把我抱在怀里,在床前来来回回走,一直走到天明,累得满头满脸都是汗水。姥娘和父母都曾讨药给我吃,但我吃了好一会儿马上又犯。姥娘说:"洋药不除根,得找个除根的法儿。"听人说用针"挑"管用,就抱我找本村一个老太太挑。当看见人家把我的喉头挑出那么多紫印儿,疼得我哇哇哭,她却抱上我就走,再也不让人家挑了。她又打听到,入伏这天啥也不吃光吃瓜能治这病,到那天,果然从外边挎回了半篮子。我从小爱吃瓜,但从来没能放开肚皮,这一天可解馋了。香瓜、甜瓜、哨瓜,我饕餮不休,直吃得肚子发痛。以后听说,这些瓜是姥娘在街上赊的,她没有钱,好说歹说人家才称给她半篮子……

邻居见她待我这样,就说:"疼外孙,不如疼个破盖顶(盖锅盖缸用的器物,一般用高粱穗秆扎成)。你何必那么真心?"

姥娘道:"你说得不对。俺疼外孙没白疼,潮儿这就给俺中用了——能帮俺纫针呢!"

我那时是常帮姥娘纫针。她每要缝缝补补时,都是先把针和线递给我。我一手执针,一手捏线,两只小眼并成斗鸡模样,一下子就成功了。

有一次,我将穿好的针和线递给姥娘,不无奚落地问:"连针都不能纫,你的眼怎么了?"

姥娘揉揉眼说:"哭坏啦。"

"为啥?"

"……唉,就哭呗。"

随后,姥娘就不言语了,任我怎么问也不言语。

那时候,我常上街和小伙伴们一起玩耍。一群光腚猴,打打闹闹,哭哭笑笑,常把街上搞得乌烟瘴气。有一回,大家玩着玩着,就都炫耀起自己的玩具来,有的夸弹弓,有的谝泥哨,有的展示竹竿做的"水枪"。我当时是两手空空,就满脸羞臊,扭身跑回了姥娘家。我憋着气,在屋里东抓西掏,想找一件玩具。翻着翻着,忽然在床头的包袱里摸出一个相框,它比一张扑克大一点,里面镶着一张男人的二寸照片。照片有些发黄,上面的男人方方的脸盘,浓眉大眼。我没有过多地注意他,只是认真地端详起这个小巧玲珑的相框。我想,我要是把这相框拿出去,不把他们比倒才怪呢!可是,这里面有相片怎么办?……对了,这相片没有了,相框不就归我了么?就这么干!想到这里,我就把钉子拔下,把相片抽出,哧哧哧撕了个粉碎。

姥娘进屋看见了,脸色陡然变灰:"唉呀,那是你姥爷呀!"

姥爷?我意识到自己闯了祸,就呆呆地站在那儿。

姥娘拾起相片碎屑,努力地拼着。见拼不成,就把手一撒,去凳子上颓然一坐,手扶额头说:"唉,这是天意,是叫俺不再想他呢。俺不想就是了。潮儿,玩去吧……"

我见没事,就抱着相框一溜烟跑到了街上。

后来我大了,听说了姥娘的一些故事,才知道我当时是干了一件多么混账的事情。

从我记事起,姥娘就是一副"姥娘相":花白的头发,瘦削的脸颊,眍凹的眼窝,另外还有那微驼的身躯。我无论如何也想不出她曾经是个姑娘。

但她确实做过姑娘,在那个叫做武阳街的村子里。据说西汉名将樊哙曾在那儿住过,以杀狗为生,他被封为"武阳侯"就与那个村子有关,那儿至今还流传着他杀狗以及孝敬老母的许多故事。我姥娘是在那儿长到二十岁上,被人吹吹打打送到姥爷家中的。

姥爷家是个富农,有五十多亩地,三四犋牲口,但姥娘一进门却当起了长工。姥娘的公公当村长,整天穿着长袍马褂在外边应付场面,家中是婆婆掌权。多年的媳妇熬成婆,自然对儿媳是要耍威风的,加上她是我姥爷的后娘，对姥娘便格外厉害。全家八口人，长工两三个，全由姥娘一人做饭。早了、晚了，咸了、淡了，多了、少了，粗了、细了……婆婆总认为她有挑不尽的毛病，总是说骂就骂。

最累的是烙煎饼。鸡一叫，姥娘就要慌慌地起身去套驴拉磨，一勺一勺，把几十斤糁子磨成糊糊。天明时磨完了，她又支起鏊子烙，烟熏火烤，一张一张，直到天快晌午才烙完，才去吃饭。可是，姥娘不是下地干活的男人，所以就不能吃一口她亲手烙的煎饼，只能光喝糊粥。喝上两碗，再去干活。当姥娘上了年纪胳膊与腰腿长年疼痛时，我曾带她去县医院拍过一次片子。片子上，颈椎之间，腰椎之间，都是一根根尖锐的骨刺，其严重程度，连医生也感到惊愕。他问："病人年轻时干什么？"我一时没法回答，唯有沉默而已。

姥娘受婆婆虐待，姥爷却待她极好。姥爷在临沂上过学，知书达理，对姥娘十分体贴。可是在一九四一年，姥爷却离家走了。因为当时莒南已成为滨海抗日根据地，民主政府四处搜罗人才，他就被调出去当了乡长。姥娘没有拦阻，姥爷的爹却气了个半死。那老头恨共产党，因为共产党一来村长的位子就归了别人。

这时候，姥娘同公婆分了家，且用柔弱的肩膀把这个家撑了起来。虽然她是抗属，种地应由村里组织人帮忙。但她生性怯懦，羞于求人，大多农活都由自己干。那年麦收后一个月没下雨，姥娘只好先请人用犁扶起地瓜垄，然后同我母亲开始栽地瓜。没有水浇，她们就用老辈人传下的方法：把秧苗插上后用土埋起，等以后下雨时再扒土露出秧梢。那天她们插了一亩多地，累得腰酸腿疼，但刚刚回到家，西北天边却飞来一片乌云。姥娘一看要下雨，就急忙招呼我母亲下地扒秧梢。她们一跑到地里就干，刮风了她们不停，下雨了她们不停，下雹子了她们还是不停。不料母女俩好容易扒完，累得喘作一团时，天忽然又晴了。母女俩摸摸头上被雹子砸出的疙瘩，坐在地头上哭了半天……几天后姥爷回家，我母亲嫌他不回家种地，又是哭又是埋怨，姥娘却道："有啥可埋怨的？你爹在外头不是更苦？"

　　姥爷干的那差事也的确不是好玩的。他在沭河边上当乡长，河对岸就是敌占区，鬼子汉奸时常过河骚扰。我小时曾亲眼见过姥爷那被子弹洞穿的一本书。那年春天鬼子又去了一回，姥爷便突然失踪了。姥娘听说后急坏了，赶快在本村找人算卦，但那卦是凶卦。她又骑驴去四十里外的黑林镇找阴阳先生，那先生也说是凶多吉少。姥娘一下子垮了，回家时在驴背上哭得昏天黑地，幸亏大黑驴认路,才把她驮了回来。到家后好几天不吃不喝,只是躺在床上掉泪。直到姥爷派人送信说是胳膊受了轻伤,正在一个村里休养,她才稍稍地放了心。

我小时候,整天听姥娘说她命不好。她是"家宅土"命,越来越薄;不像人家"路旁土",越来越厚。她说她命薄之处主要是没有儿子。然而姥娘是有过儿子的,并且有过两个,不过都在两三岁时夭折了。我常想,我这两个舅舅为何在这世界上来也匆匆去也匆匆呢?姥娘不止一次向我透露过答案:姥爷有"斩子剑"。那把剑就竖在他眉心,尖尖的,深深的,透着一股杀气。那是相面先生告诉姥娘的。姥娘说她就是生上十个八个儿子,也经不住姥爷那把剑乱斩乱杀。姥娘说了这些,又往往沉吟道:"你姥爷人好心也好,为啥非要杀自己的儿子呢?老天爷!"说罢,眼泪便扑簌簌落满前襟。

这事的背后,还隐藏着一段故事。这是姥娘活着与我最后一次见面时才告诉我的。她说她活了八十多岁,就当了一回"小偷"。那是在她第二个儿子死去时,听人说偷人家褯子用,孩子好养活,就打算去偷一条。当时八路军山纵医疗二所驻在村里,一个八路军护士正坐月子时常把褯子搭在外边晒。那褯子是用白净布做的,洗得干干净净,在风中飘飘悠悠煞是好看。我姥娘想,人家八路整天东跑西颠,生下的孩子还胖胖壮壮,真是福大命大,偷她们的裤子用,孩子一准长命。于是,她就瞅空儿偷了一条,打算生了儿子用。可是姥爷长年在外,后来又南下,姥娘再也没有怀上孩子,那裤子便一直没有用上……

姥娘说过,她一生中最懊悔的事,就是没在姥爷临走时跟他见上一面。那天,她娘家捎信让她去一趟,她没想到会有什么急事,打算帮邻居家姑娘把出嫁的"喜被"缝完,就让我母亲和我二姨先去了。第二天一早,她抱上我三姨去娘家,刚走到半路,就遇上了正在回家的我母亲和我二姨。姐妹俩一见姥娘就哭,说爹走了。姥爷之所以到他岳父家见我姥娘,是因为我们村正闹土改,姥爷的父亲已经被砸死,据说有人还想斩草除根,所以姥爷不敢回来。

姥爷他们是滨海区第一批南下干部。一九四八年春出发,先去鲁西北,又转道山西,九月份到达河南。途中,姥爷寄信给家中一个战友,说到河南安下身之后把姥娘她们接去。但刚过了一个月,姥爷就在洛宁县牺牲了。

姥娘在一九四九年正月初六才接到部队的通知。当时解放区正溢满春节喜庆气氛,姥娘也正沉浸在去南方安家的美梦里。姥娘得知凶讯后是什么样子,她从来没向我说过。她只是在后来曾经提起：她从四十岁那年起头发变稀了，原来乌黑发亮的头发再也不见了。

写到这里，我想起了我们庄上的另外几个女人。当时全庄和姥爷一起参加革命的共有七人，除了我的一位叔祖父到南方后才结婚，其余六人家中都有发妻。六个女人惺惺相惜，经常在一起拉呱，说一阵家常，骂一阵在外头的"死鬼"，十分投机。姥爷牺牲时，几个女人陪我姥娘不知掉了多少眼泪，同时也暗暗庆幸自己的男人的健在。可是一九五三年左右，这五个女人个个接到了离婚通知书，个个憔悴得像鬼。其中一个女人去男人那儿办完离婚手续后，带回一大包糖块，见人就递，强颜欢笑。小姑子赶回娘家问她："听人说，跟俺哥离婚了你还怪恣？"这女人道："怪恣！是怪恣！"说完就撕心裂肺地大哭不止，一连哭晕了好几回。有一次，这几个女人又和我姥娘聚在一块儿，其中一个说："死的死了，离的离了，早知道这样，不如当初就把他们拦在家里！"姥娘却说："不能那样，男人如果有本事，咱就不该把他拦下。男人是国家的，不是咱女人的……"一席话，说得大家都低头垂泪。

据说，姥爷在河南是埋了一座坟的。我们村一个在郑州工作的老干部回家时讲，他还曾去看过，就在洛宁县的郊外。我姥娘就问别人，去河南路费多少，迁坟要花费多少。她说："俺现在没钱，等攒够了就去把他搬回家来。"

我们那儿，每年大年三十，家家户户都要给死去的亲人上坟烧纸。宋姓墓地里没有姥爷的坟墓，姥娘就到西南岭上烧。那一年，姥娘因为扭伤了脚，叫我替她。她说："过年了，总得给你姥爷一点钱好买年货。记住，画个圈在圈里烧，只朝西南留一个口。这样，别的鬼就不能抢去了，你姥爷孤身一人抢不过人家……"

我抱了纸钱，来到西南岭的最高处，用树枝在路当中画了个带缺口的圈儿，就把纸钱烧了。一朵火焰熄灭，一缕青烟飘完，就剩下一堆纸灰，在风中悄悄打着旋。我坐在一旁，眼望西南那长长的路、绵绵的山、悠悠的云，想象着姥娘年年在这儿烧纸的情景，视线渐渐让泪水模糊了。

这时，我也想起了我撕毁的那张照片。姥爷在世上活了四十多岁，只留下了那一张照片。姥娘一年一年珍藏着它，睹物思人，不知熬过多少个流泪的长夜啊。而它，却让我给撕毁了！想到这里，我便万分悔恨噬脐莫及。

回到家，见姥娘正呆坐在墙边，眼角湿湿的。我知道，她又在想姥爷了。我走上前怯怯地说："都怪我，把姥爷的照片……"

"潮儿,大年大节的,提这事干什么?来,给你压岁钱。"姥娘说着,递给我一张票子。我接过后,就悄悄地去了院外。我站在那儿默默流着泪,下意识地把钱在齿间咬着,不知不觉竟把一张票子咬去了半截。

那些年,姥娘过日子特别节俭。村里每年给她一个人的口粮,上级每月发两元的烈属补助金,她舍不得吃,舍不得花。那时候,姥娘每年只买两次肉:中秋节一斤半斤,过年三斤四斤。本来够少了,而她每次炒菜时,还要将肉拣出,留给我或者我的弟弟妹妹。她穿的盖的也不好,都是补丁摞补丁。寒冬腊月里她家没有火炉,墙又透风,屋里便冷得像个冰窖。我在她家睡觉,见她每晚脱下衣裳覆在棉被上,都要用巴掌噗噗地拍打半天。我问这是干啥,她说:"富人盖衣裳,穷人盖巴掌。拍结实了暖和!"

大约是一九六五年过年时吧,姥娘吃完年初一的饺子,带着喜悦且诡秘的神情向我悄悄说:"你不知道,这才十来年,俺就攒了五十多块钱啦!"

我问:"攒钱干什么?"

她说:"去搬你姥爷呀!"

我不理解这件事,就说:"费那个劲儿做什么。"

姥娘怔了一怔，似辩解般道："等俺死了以后，跟你姥爷做伴呀。"接着她眼瞅西南天，喃喃地自语："搬呀，搬呀，早晚有一天俺会攒够钱的。"

可是就在这一年，我二姨得了一场重病，她婆家没有钱，姥娘把积蓄全部拿出来用在了她的身上。也就是在这一年，因为上级特别讲究"阶级观点"，因姥娘的成分是富农，她那每月两元的烈属补助金也被扣发了。这年大年三十，姥娘从西南岭上烧纸回来，哭了整整一夜，连年夜饭也没吃。

从我能记事起，姥娘的身体就很弱，三天两头有病。她刚刚四十来岁就给自己做了一身寿衣，裤褂鞋帽，件件齐全。那些年每到六月天，姥娘都要选个干燥的日子晒两样东西，一样是姥爷留下的书，一样便是她的寿衣。那些书是我整天翻看的，其中有国文课本、三十年代出版的白话小说选等等，我对它们感到十分亲切。但对那身寿衣我却非常厌恶，一见它就觉得毛骨悚然。有一年见姥娘又晒寿衣，我伤感地说："人为什么要死呢？"姥娘说："傻孩子，人要是不死，那还叫人吗？"这句话，让我一直琢磨了多年。多年后我才明白：只有像姥娘这样经历了亲人离世之大悲的人，才会把死看得那样透，那样淡，那样坦然。由此我想，像姥娘这样，每一天都认认真真地活着,每一天都坦坦然然地准备去死,这也许应该成为我们的人生态度。

前些年,姥娘身边总带着一两个孩子。我小时跟着她,等我上学了,也还在晚上去她家睡觉,一直到小学毕业。另外,我的四个弟弟妹妹和姨家八个表弟表妹,哪个也在她身边一两年。黄口小儿,叫喳喳的,总能给她带来一点儿欢乐。以后我们都长大了,姥娘便孤身一人住在她那个破败的院子里。年深日久,她那院门已成朽木,石墙歪歪扭扭,三间草房也破得不能再破。黑咕隆咚的屋里,则是一张木床和一些发着霉味的破篓破筐坛坛罐罐。我家是二村,离属于一村的姥娘家只有半里路,母亲让她到我家住,二姨三姨也叫去她们家,但姥娘不肯。"这是俺跟他姥爷的宅子,俺不走。"她这样说。

于是,她就孤独地守着那个破败的院子,一天一天,一年一年。

近几年,上级逐步提高烈属待遇,每月补助费由几元涨到十几元、二十几元。村里也对姥娘照顾得不错,每年秋后都要给她充足的粮食。姥娘有一天对我说:"你姥爷呀,他活着挣给俺吃,死了还挣给俺吃。"

我一听,心里说不清是什么滋味,只好向她说:"那你就好好吃。"

她点点头答应着，但以后还是舍不得花钱。

一九八四年春天，我们村的一个人要去郑州看望他的父亲。他年轻时曾在河南洛宁县亲眼见过我姥爷的坟墓。姥娘找到他，让他捎道再去看一看。"俺手里有钱，这回应该把他搬来家了。"姥娘用拐杖拄着地，坚定地说。

半月后那个人回来了，姥娘忙去他家打听消息。那人说，他去看那座坟，可是无论如何也找不到了，大约是几十年无人添土，早就夷为平地了……

姥娘半晌无言，而后拄着拐杖步履艰难地回了家。而后，大病一场。

前年夏天，我从县城回家看望姥娘。她端详了我一会儿之后，说："俺请人给你姥爷刻了碑了。"说着，去墙角揭起了一块塑料纸。

果然是块碑。它用褐色石头做成，打磨得十分光滑，上面用楷书工工整整地刻着：

先考宋家栋太公烈士
　　　　　之墓
先妣阎　氏　太　君

我说："姥爷已经尸骨无存了，这碑立在哪儿？"

"有这块碑,就把你姥爷的魂招来了。这碑立在哪里,你姥爷就在哪里。俺也去,也埋在那里。"

姥娘说完后,端坐碑旁紧闭双目,脸上一片肃然。

我泪如雨下。

自从有了这块碑,姥娘就常说关于死的话了:"唉,俺已经八十了,阎王爷还叫俺活着干什么?"

有一次我告诉她:"等过年回家,我带个相机给你照相。"

姥娘听了眉开眼笑:"那可好,俺正想照张相留给你们。"

腊月二十八,当我带着相机又来到姥娘家时,她正感冒多日卧病在床。我拿不定主意该怎么办才好,她却起身道:"照!照!"说完就穿好衣服,梳了梳头发。我见她身体虚弱,就搬了个板凳,让她倚墙坐在床上,随后举起相机揿动了快门。

过了春节回济南上学,我把照片冲洗了。照片上姥娘因病卧多日,脸色灰灰的十分难看;那双眼也没全睁开,像在蒙眬入睡。我心里十分遗憾,但还是将它捎回了家。

谁能想到,我给姥娘照相,竟是与她的最后一面。去年四月十六日下午,我正在教室里读书,突然接到了我三姨父发的电报：姥娘病危，速来临沂！

我一下子感到天旋地转。我知道，高龄的姥娘一旦病危，是很容易诀别人世的。我便连夜赶车，想回去再见一见她。凌晨四点，我到临沂敲开了三姨家的房门。

姨父开门时眼圈红红的。我连声问："姥娘呢？姥娘呢？"姨父说："她昨天上午老了。我已经用车把她送回了老家。我前天下午就给你发了加急电报，你怎么才回来？她死的头一天，还多次说想你呢！"我一听才知道电报被耽误了，便扼腕长叹悄然垂泪。

表弟开车把我送到老家，已是七点。我三步并作两步走进屋里，见姥娘正躺在屋子正中的灵床上，便一头扑过去大哭起来。

然而姥娘无言，仍是静静地躺着。

我揭开姥娘的蒙脸纸，见姥娘表情从容，睡得十分安详。姥娘身上是那不知晒过多少次因而有些发旧了的寿衣。蓝缎子鞋上一对童子正高挑明灯，似在启程把姥娘引入冥府。

母亲哭了一会儿，又哽咽着向我讲，姥娘前些天把自己的照片毁了。那张照片是母亲送给姥娘的，但姥娘只看一眼就撕了个粉碎。母亲看着满地的碎屑惊问："这是为什么？"姥娘仰脸长叹一声："这是一张死人相，留它做什么？"接着她问这相片一共洗了几张，母亲说洗了四五张，姥娘说："都撕了吧，都撕了吧……"

我听了这事以后，如五雷轰顶！当年我撕掉了姥爷的照片，使他的面影永远在这世界上消失了；而今，姥娘又亲手撕掉了自己的照片，也不让自己的影子留在世上。这二者之间，莫非有一种神秘的力量在支使？姥娘，你回答我，你回答我！

姥娘仍是无言，仍是静静地躺着。

早饭后，父亲带我们护送姥娘去县城火化。姥娘十点进炉，十点四十分便剩了一盒骨灰。

回到家，屋里正中并排放着两口棺材。一口是姥娘的，一口是姥爷的。这是姥娘生前嘱咐好的，说是不能再让姥爷在河南当游鬼了，要把他招回来。大家便请来木匠连夜突击，多做了一口棺材。

装棺了，姥娘的骨灰，撒进了她的棺材里，她旁边的那口新棺材却空无一物。母亲与二姨、三姨打开它，向着那个有着茫茫中原、泱泱洛水的方向高声哭喊："大大，你回来吧！你回来吧！俺娘在等你呢……"

喊了一会儿，大家说：来了，他肯定来了。他跟咱娘分开了四十多年，这一回再也分不开了！于是就把那口棺材封好，就在棺前烧起纸来。

停灵三日,姥娘下葬了。途中,瞧见那一前一后两口棺材,围观的乡邻无不动容。

姥娘的墓地,是在一个小小的山岗上。那儿,两个墓坑早已掘好。

姥娘的棺材放进去了。

姥爷的棺材放进去了。

他俩共有的坟子堆起来了。

姥爷的石碑也高高地竖起来了……

有南风吹来,很柔很柔。

我的羊性

我来这世上为羊,过了眼前这个春节,已有六十年整。

我是在阴历六月出生的,有人说,六月羊,有草吃。不错,我小时候真是以草为食。

我五岁那年,甚至吃遍了田野里所有可以吃的草类和多种树叶。冬天没有青草,只好吃起了干草:母亲将地瓜秧、花生皮之类磨成粉,硬往全家人肚子里塞。有一天,我和二弟饿得厉害,共同趴在一个盛花生皮粉的篮子上,抓起一把塞入嘴中,因其干涩没法咽下,愁得我俩号啕大哭。十年前,我为了写小说去寺院参访,吃素斋时,和尚问我是否吃得惯,我说:"吃得惯,我从小就吃素。"

六岁时家里养了一只小羊,我负责放牧。起初是我赶着它,和它有了感情就不用赶了,我走到哪它跟到哪。再后来,我和羊心心相印,能读懂对方目光,理解对方行为。我有时候看着羊,竟像照镜子一样,羊我不分。这羊长大,被我父亲卖掉,我想起它就哭,丢魂失魄。过了一段时间我不再哭,却变得沉默寡言,老实听话。母亲说:"难道那羊叫人家杀了,魂又回到了俺儿身上?"

从那以后,羊性在我身上一直很明显,在家听大人话,上学听老师话。读五年级时,老师让我们读伟人的书,听伟人的话,做伟人的好孩子。我是小组长,每天放了学都要领着本组同学去做好事,修路、扫街,忙得不亦乐乎。一旦哪天没做好事,就像做了坏事,要认认真真向老师检讨。

长大之后,思想复杂了,性情并没有多大变化。温顺,平和,委曲求全,甚至逆来顺受。羊们为了争地盘争配偶,还会以角相抵,"砰砰砰"来上几下,我回首往事,却没记得和谁像模像样地打上一架。二十五岁那年,我在公社党委担任组织干事,有一天从家里去公社驻地,本村的兄妹俩突然在半道上截住我,抢我的自行车。他们的父亲与我父亲同为村干部,有矛盾,竟使出了这么一招。我一声不吭,将车子给了他们。第二天,别人替我要回了车子,我对此事则翻篇不计。三十多岁,我到山东大学作家班读书,有些同学与别的班打群架,我不但不参加,还极力劝阻,有位同学指着我的鼻子吼:"老赵,你身上没有战士的血!"

这话对我刺激很大,让我思考了二十多年。

我想,生肖属羊,难道真能影响我的秉性?看看与我同龄者,并不都像我这样,人家是该瞪眼的瞪眼,该挥拳的挥拳,我可能是最本色的一个。不过再看看别的属相,哪怕是龙是马,是虎是牛,表现出羊性的人也有不少。

是的,我身上没有战士的血。我从小就恐惧暴力。小时候听长辈们讲鬼子,讲马子(土匪),讲"还乡团",我心惊胆战,汗毛直竖。我想,大家都是人,为什么要争这争那,互相残杀?

我一直反对战争,在许多作品中都表达了这种态度。1991年,《山东文学》召开几位青年作家的作品研讨会,我是被研讨者之一。我发言道,人的生命本来短暂,为什么要用杀戮的手段使其早夭?战争虽然有正义与非正义之分,但从人类整体而言,从其作为地球上的一个物种而言,所有的战争都是可悲的,都不应该发生。一位大学教授说,你的观点不对,你应该想想,人类的多少科技进步是因为战争才有的。我说,如果要以千千万万的生命为代价,那些"进步"不要也罢。

从这个意义上讲,我不希望我身上有战士的血。

我的观点至今没变。看电视,我从不看军事节目;我订阅了《参考消息》,从不看《军事瞭望》版面。但是,即使我闭目塞听,那些军事消息还是从各个途径让我得知:大大小小的战争此起彼伏;各国的军备比赛大张旗鼓;一国和多国合作的军事演习频频举行;对于"大杀器"的研制争分夺秒……我常常扼腕悲叹:人类这是怎么了?人类到底要干什么?再看看网络上那些"军事发烧友"的狂热言论与战争叫嚣,我为人类感到深深的悲哀!

我知道,我这是典型的羊性:软弱,退缩,只会悲叹,不会抗争,面对敌人的屠刀只能引颈就戮。近年来,许多人对中华民族的羊性口诛笔伐,对北方游牧民族在历史上表现出的狼性极力推崇。我尽管知道狼性对于一个民族的生存有多么重要,但我还是反感它,排斥它。我想,羊群遇上狼群固然悲催,然而,要是人群成为狼群,社会成为丛林,那么这个世界还有什么意义?

羊性要不得,狼性也要不得。

既然是人,该有人性。

人性是什么?是仁爱之心,是良善之行;是"己所不欲,勿施于人",是"无缘大慈,同体大悲";是"丧钟为谁而鸣"的答案,是人类建立联合国的初衷。

  但愿我这头老羊能够告别羊性,沐浴着人性光辉,再平平静静地存活一段时间。

鸟要有巢，人要有窝

故乡，在每一个红尘渡口，滋润着情怀，丰盈着生命。

南山长刺

她不是陶渊明的南山,是我们村的南山。

她不是一座,是从东到西的一行。

驮篮山、尖山、寨山、西山,一座比一座高,像向世人演绎等差数列。她们的顶,有圆有尖,体现了造山运动发动者在几千万年前的多样灵感。

据说寨山上安过军寨,杨文广征南,在此停驻。那支大宋军队在山东坡操练射箭,箭矢落处,后来成为村子,村名就叫杨令箭。山脚下的村子,则叫花沟。

那些山,离我们村有三四里路。几个绿森森的巨大存在,人们出门即可看到,出村更能看到。小时候,我白天到村边玩耍,能看到老鹰在山顶飞翔;夜晚在院里乘凉,能听见山中的狼嗥。

十岁那年,我第一次爬山。我们学区搞"六一"庆祝活动,组织八所小学的高年级学生去了那里。红旗与绿树辉映,童声与鸟鸣交织。我随大伙钻树林,攀陡坡,带着满头汗水到达山顶的那一刻，突然觉得自己一下子长高了——山在脚下，树在脚下，杨令箭在脚下，花沟在脚下。花沟名不虚传，到处开满春花，万紫千红。

登山回来，再看南山，感觉更为亲切，情感近乎崇拜，仿佛那是托举自己成长的神灵。是的，她们坐成一排，整天瞅着我，看我上学念书，看我下地拾草，看我辍学务农，看我当上民办老师再去教学。

后来，我离开村子外出工作，工作的地点多在东北方向，而且越来越远。每次回家，来到村后高岭，南山便会进入眼帘。那一刻，我的心间都是骤然一热。仿佛她们和我的亲人在一起等着我，不知等了多少个日日夜夜。离家回去，出村回望，自然免不了在心中与南山告别。

在外地的岁月里，南山一直矗立在我心里，多次出现在我梦里。我梦见过，我又去了南山，南山把我托举得更高，触手即可摸到蓝天白云。

离开家乡后，我去过好多地方，登过好多名山。但那些山再怎么有名，再怎么漂亮，都替代不了南山在我心中的位置。有一年，我在外地参加一次笔会，期间有游览活动。那天坐大巴走着走着，在山道上一拐弯，突然看见前面出现一行山，形状与家乡的南山相似，竟然惊喜莫名，热泪盈眶。回到住地，我给父母写了一封信，信中说我见到的外地"南山",讲我的思乡思亲之情。这是我平生唯一一次给父母写信。

不知是我这封信引发了父母对南山的向往,还是父母早有登临南山的愿望,反正有了平生唯一一次登山行动。他们起初瞒着我们兄妹,不让我们知道,下去十多年才不经意地讲,他俩去过。他们虽然活到将近一辈子,天天见南山,可是一次也没去过。他们想去,又怕村里人笑话,说他们那么大年纪了还有那份闲心。所以,想法有了好几年,却一直没有付诸行动。快七十岁的时候,他们终于下定决心,终于成行。

父母说,那是春天的一个晴朗日子,他们带上几个煎饼和一壶水,一大早就往村外走。村里村外,有人问他们去哪里。他们说,去花沟走亲戚。说这谎话的时候,他们觉得老脸发红,很不自然。到了花沟,竟然也遇到熟人。熟人问他们去哪里,他们说,去山南走亲戚。在一连串谎话的掩饰下,他们终于走上山口,向旁边的寨山攀去。他们相互扶持,气喘吁吁,一步步登上山顶。他们说,那天在山顶上坐了好久好久,看东看西,看南看北,还看咱们宋家沟,看咱们的宅子。

因为父母的这次游览,我对南山益发亲切。回老家时拍照,拍父母,拍院落,拍村子,也拍南山。父母过世后,我回去时习惯性地拍几张南山照片带回去。没事的时候调出来端详端详,仿佛父母依然坐在山顶,向我观望。

然而,去年春天再回老家,车子驶上村后高岭,一见南山,大吃一惊。我的第一感觉是,南山长刺了。

真是长了刺。那刺高高的,长长的,竖立在几个山顶。那刺白白的,梢上还分了叉,将蓝天都刺破了。

我早就见过这东西,在新疆的戈壁滩上,在内蒙古的草原上,在其他地方的山岭上。我知道,它是风力发电机,是一种清洁能源。

但是,家乡的南山上装它,我却没有心理预期,感到非常不适,难以接受。有了它,南山不再高大,天空不再完整。

其实,家乡这些年一直在变,村庄的模样,道路的模样,树木的模样,甚至人的模样,都变得不似从前。这一切一切的变,都曾在我心中引发波澜。但这些波澜,都赶不上南山长刺给我带来的心理冲击。它在我心中简直是引发了台风,引发了海啸。我觉得,有了它,家乡一下子大变了模样,家乡不再像家乡了。

那次回家,我心理上十分痛苦。南山上的一根根刺,就像扎在了我的心上。后来再回老家,虽然感觉不像第一次那么强烈,但心里还是别别扭扭,很不舒服。

我知道，这是感情作怪，感性作怪，试图用理性说服自己，像咽下一些醋，让南山之刺在我心中变软。经过了一次次漫天雾霾，我对清洁能源完全持欢迎态度。尤其是对发展太阳能、风能，我更是举双手赞成。

宋家沟村的太阳能路灯，就是我安的。那年春节前，村支书找到我，说能不能拉点投资，让村里变变样子。我只是一介书生，到哪里拉投资去？我问，装路灯需要多少钱，他说四万就够。我就给我一个当老板的堂弟打电话，说咱俩一人出一半，把这事办了吧。堂弟痛痛快快答应，宋家沟村就在那一年的春节有了路灯。我回家陪父亲过元宵节，晚上出去走了走，看到村民在路灯下放烟花，放孔明灯，扎堆欢笑，心中想：将阳光收集储存，让父老乡亲在夜晚享受，这是多么好的事情呀。

但是，我却对南山上安装风电难以接受了。上网百度，风电的优点有许多，缺点也有许多。缺点的第一条，便是"噪声、视觉污染"。我想，家乡南山上的风电，给我的岂止是视觉污染，更是心理污染。有了它，我心中的家乡似乎不再纯洁。尽管，它的本质是清洁能源。

我还听说，因为那些风电机白天黑夜呜呜作响，花沟的人受不了，一次次去上访，却都是无功而返。现在，他们有的人已经习惯，有些神经脆弱者还是不行，只好每天夜间听着那巨大的响声辗转难眠。

今年春节前再次回家，我发现了家乡又有一个大的变化：村后竖起了一座座银白色的钢架子，扯着电缆，从西北而来，向东南而去。村里人说，这叫特高压，从内蒙古来的。我知道，这是一项国家工程，将西北部的煤炭挖出来就地发电，再通过这条线路输往东部。这在一定程度上能够缓解运输压力，也减轻东部的空气污染。但这还是化石能源，还是有污染，而且早晚有一天会枯竭。

大方向，还是取用别的能源。这是人类发展的必由之路。从2011年开始，一些天文学爱好者注意到，离地球大约1480光年的一颗恒星，光变曲线与众不同：它的光线被什么物体屡屡挡住一些。排除了种种可能性之后，专家猜测，那个遮挡物，可能是高级文明用来取恒星能源用的。

1960年代，苏联天体物理学家尼古拉·卡尔达肖夫提出了著名的"卡尔达肖夫指数"。他说，文明根据其对能源的需求被分为三个类型：Ⅰ型文明能够攫取邻近星球的能源；Ⅱ型文明可以采集恒星的全部能量；Ⅲ型文明已经可以作星际旅行，是能源方面的大师。在这种标准下，人类尚未达到Ⅰ型文明的水平。

照卡尔达肖夫的说法，人类在能源探索方面任重道远。我们应该以更大的力度、更快的速度去寻找使用更多更好的能源，让人类文明上层次、上台阶。

从这个意义上说，南山长刺，是人类迈向更高级文明的进步，虽然它是那么那么地微小。我曾见过一位风电部门的工程师，他对风能的利用、风电机的普及豪情满怀，他说：与雾霾相比，那点噪声算什么？那点视觉污染算什么？

但是，听了他的宣读，我的心里还是痛。

南山长刺，刺得一些人心痒。

南山长刺，刺得一些人心痛。

这个时代，就是痒与痛并存的时代。

我用此文记录的心痛，可能成为一个噪音。

你听，风来了，山上的电机桨叶在欢快地呜呜转动，强有力地盖住了我的声音……

故乡的老房子

日照文友乔小桥,一直想去看看我的老家,上个周六,我就与老伴、二妹妹坐他的车去了。看了我当年读书的联中,看了我工作过的学校,又去看我家老宅。侄女送来钥匙,打开院门,只见三间房子更加破败,院中春草丛生,上面浮着一层白白的荠菜花。走进堂屋,朽味儿扑面而来,发现地上、床上、家具上落满灰尘。挂在墙上的父母,依旧向我们微笑,然而二老的骨灰已经埋进东山墓地五六年了。

怀着满腹伤感,看一圈出来,四叔在街上对我说:这宅子太难看了,德发你赶紧翻盖新屋!我说:我已经给德强了,由他处理吧。四叔说:给他了,你也盖起来!看看四邻,就这宅子难看,你就不怕人家笑话!

前后左右瞅瞅,我家老宅真是最破的了。水泥瓦覆盖的屋顶已经高低不平,乱石垒起的房墙有了裂缝,门窗掉光油漆露出了朽木的灰黑。而在屋后,姑家表弟刚落成的三层楼高高耸立,十分壮观。东面的平房也宽敞漂亮,那是二叔家堂弟的。16年前,在县城工作的二叔病危,想在老家拥有房子作为去往冥界的出发地,我父亲就将自己的这块宅基地送给他,堂弟找人帮忙突击建成。近两年,我的几位堂叔分别住在日照、临沂、济宁,也都回村翻盖了房子。对比他们,我很有压力,因为四叔这话说过不止一次,别人也多次这样劝我。

建不建新屋?我曾多次追问自己。建设费用,我不是没有,然而思来想去,还是决定不建。

为什么?为了留住一份记忆。

有这座老宅,我能更加清楚地记得,当年父母建这房子,吃了多少苦,受了多少累。他们从牙缝里省钱,筹备了好几年,终于在1975年的春天建成,为我准备好了婚房。那时我在外村教学,没空回家,家里人和我的众多亲友都为建这房子出力流汗。从没上过学的大妹妹那年16岁,一直在建房时打下手,将脸晒得乌黑。

有这座老宅,我能更加清楚地记得,我1979年在这里结婚,1984年搬家到县城,5年间我这个小家庭的酸甜苦辣。妻子在油灯下给人熬夜做衣服,为了挣钱贴补家用;女儿在我回城时扑在自行车前轮上大哭,为了让我留在家里陪她;院里还留有老辈人的足迹:我爷爷蹒蹒跚跚走进院子,从怀里掏出几个鸡蛋,让我煮给他的重孙女吃;我姥娘拄着拐棍,送来她做的一双小鞋,说她要是哪天不在了,这鞋能给重外孙女留下一点"影像"……

有这座老宅,我能更加清楚地记得,父母在我三弟结婚后住到了这里,三十多年来为耕种承包地忙活,为儿女的事情操劳,也让自己一点点变老。堂屋内墙,颜色焦黄,那是父亲抽烟、冬天烧煤球取暖熏出来的。院子里,山楂、木瓜、香椿、月季等等列队于墙边,还在年复一年地以新叶、以花果纪念我的母亲——她活着时,为打理这个小院打理这个家,付出了多少心血。前几年父母病重,我与弟弟妹妹轮流回来伺候,两年间先后送走二老,病床、灵棚、夏夜晚上萤火虫的光亮,冬夜子时猫头鹰的叫声等等,都让我终生难忘。

这都是我姥娘说的"影像",是我的独特个人经验。我偶尔回来看看老宅,这些影像会从记忆深处联翩而出,让我对故乡的感情联系更加牢固,让我书写故乡与亲情时有实实在在的凭据。我回来时每每有灵感迸发于脑际,催生出我的一件件新作。

朋友小桥在我老宅里里外外拍照,边拍边说:你这房子,就该保持原样。我说:决定权在我三弟手里,他让这房子存在多久就存在多久。

　　这个决定权，曾经在我手里，因为房子的所有权前些年属于我。父母去世后，日照一位朋友找到我，想把这宅院买下来，意思是留着做我"故居"。我说，别开玩笑了，我这个等级的作家，那样搞让人嗤之以鼻。我考虑到，父亲把宅基地给了我二叔，我三弟的孙子长大后没地方建新房，我就与妻子商量，将这座老宅给了三弟。事后我向女儿说了这事，她也完全同意。因为三弟的孙子还小，目前用不着新房，所以老宅就继续保持着原貌。

　　这样挺好。要是将这房子翻新，老宅将灰飞烟灭。我即使回去住几天，感觉也完全变了，那样我会更加伤感。

　　留着吧，让它与我一同朽老，直到三弟将它翻新的那一天。

白纸黑字

在过去,农村孩子乍来世上,与纸无缘。

一步一步,都不用纸。从母亲的裆间落下,有草接着。草是麦穰,让碌碡压扁了的,煖煖的,在上面怎样踢蹬哭喊,也不会伤及皮肉。吃了母乳,吃了补粥,要拉要尿了,有褯子接着。褯子是破布做的,软软的,开放程度高,比今天的纸尿裤优越。长大一点,被大人抱着把屎,有看家狗在一边伺候,它紧盯孩子屁股,随时会吃掉从那儿掉下的二手粮食,还会根据主人的吩咐,伸出舌头将那儿舔个干净。再大一点,自己会蹲着排泄了,揩屁股也不用纸,在地上拣一石头,摸一土块,或者撕几片树叶,薅一把草,就基本解决。排泄实现了自理,无论是玩耍,还是帮大人干活,也都与纸不搭边儿。

纸是什么?是识字的人念的书,是会计用的账本,是墙上贴的画子,是门上贴的对联,是有人偶尔使用的信封信瓤,是丧事上用的冥币。这一切,与学龄前孩子基本无关。

学龄到了，要上学了。第一天去学校，手头也还是没有纸做的东西，只需抱一块"石板"。

石板，是那时一年级小学生的必备物件。刚刚入学，写不好字，糟蹋纸张，是不配用本子的。石板呢，随写随擦，最为经济。有钱的人家，就去花五毛钱买一块，再花几分钱买一些石笔。那石板，用石灰岩切成，几厘米厚，长方形，锒了木质边框，如16开纸大小。石笔，则是一些石灰岩细棒。拿它去石板上一划，便是煞白的一道。

然而石板是奢侈品，当时的使用率很低。我记得，我们班四十多个孩子，用石板的只有两三个。这两三个中没有我。我和别的孩子用什么？用陶片。各家的盆盆罐罐，都由泥巴做成，从窑里烧出，经不起磕碰，一不小心就会毁掉。盆底、盆帮、罐底、罐帮，就可以充当小学生的本子。对它们，我们也尊称"石板"。我的"石板"是一个罐底，又黑又圆，像月食时被天狗吞掉的玩意儿。石笔呢，也不必买，山上有滑石，拣来几块，我们的文具就齐备了。带到课堂上，老师让写啥写啥，写满了就擦，用手，用袖子，搞得教室里石粉飞扬。

滑石与陶片的摩擦系数，毕竟比不上石灰岩，我在陶片上写出的字,模糊难辨。看看阔孩子的石板上黑白分明,我心中妒意蓬勃。再者,陶片脆薄,一碰便碎,三天两头就需更换,而家中并没有备用的陶片,只好去井边河边那些极易碎罐子碎盆的地方寻觅。学童所见略同,去那儿淘宝的太多,我往往只捧回巴掌大的一块,容不下几个字,上课时要频频擦除,很是烦人。

我常常想,要是能在真正的石板上写字该有多好,要是能在纸上写字该有多好。

有一天,老师讲课时说了这么一句:"黑字落到白纸上。"我当时的理解,肯定不是原义,是出了偏差。然而,就是这个偏差,让我浮想联翩激动不已:哎呀,黑字落到白纸上,那是多么多么好呀。黑的字,白的纸,这是世界上最完美的搭配呀,就像红花配绿叶,就像蓝天配白云,就像好青年配俊媳妇,就像饺子配蒜泥……

我也要写黑字,而且要写在白纸上!从此,我心中积聚起一股强烈的冲动。

可是我没有白纸,更没法写黑字。身为一年级小学生的我,只能是让白字落到黑"石板"上。

高年级学生是可以的。一旦升入二年级,除了一些穷人家的孩子仍旧用"石板",别人都用纸本子。那个年代,三年级以上有"大仿"课,用毛笔,蘸墨汁,字特别黑,让我格外羡慕。我还看见,他们的大仿本,经过老师的批阅,有一些字的旁边会有红圈,据说是因为写得好,老师用红笔作出表扬。这样,我就更加渴望能写出黑字,并且是能让老师画上红圈儿的那种。

然而,一年级的学习生涯却是那么漫长!我越来越厌恶那些凹凸不平的陶片,厌恶那些灰不溜秋的滑石。我向父母提出,能不能给我买纸买铅笔,父母却不答应,说人家上一年级都不用纸不用笔,你怎么能用?于是,我只好继续使用陶片与滑石,继续郁闷地去当一年级小学生。

一天天地盼望,一天天地等待。终于,一年级结束了。放假时老师叮嘱,二年级开学时,每人要交五毛钱书费和学杂费,另外自带两个练习本。我回家向父母讲了这事,父亲点头说:知道了。

开学前两天,我提醒父亲,应该买纸订本子了。他说,明天就买。第二天,他收工回家,果然拿回一个长长的纸卷儿,颜色灰黄,那不是五分钱一张的光连纸,是二分钱一张的包装纸。我梗起脖子抗议:这不是白纸,我不要!父亲拉长了脸吼:白不白的一样用!省点钱吧,你还得交学费呢。我见他发了脾气,就不敢吭声,默默地接过纸卷,在弟弟的帮助下,将这种在代销部里包糖包点心包小咸鱼的纸张，裁成三十二开，订成两个本子。

第二天来到学校，交上学费，发现有不少同学的本子和我的一样成色，便知抠门的不只是我父亲一个，心理才稍稍平衡。我想，练习本不白不要紧，作业本是白的就好。

万万想不到，上课后，老师发下的作业本也不是白的。虽然那是成品，语文练习本印了田字格，算术练习本印了横杠儿，但纸质太差，又薄又灰，且粗糙不平。最让人不可思议的是，纸上竟然有一些字，有正的，有歪的；有完整的，有缺胳膊少腿。虽然这些字零零星星，但毕竟影响了整洁。问老师这是怎么回事，老师说，这是再生纸。就是把一些废纸打成纸浆，重新造出来的。我呆呆地看着那些残留的字符，猜度这些纸的上一辈子：再生之前，它们是书，还是报纸？上面印了一些什么文章，让什么人读过？

放学后到代销部看看，那儿也有这样的本子，一个卖三分钱。我就纳闷：为什么交上了五毛钱的书费和学杂费，老师会发给我们这种本子。

怀揣着郁闷，用着这样的本子，我开始了二年级的学习生活。我一边写字写数码儿，心想，到底什么时候才能叫我的黑字落到白纸上呀？

我在心里琢磨，作业本要用一个学期，老师是不给换的，可以换的只有练习本。可我也知道，让父亲买白纸，等于与虎谋皮。

怎么办？我想到了自力更生。那时，每天放了学，每到星期天，我都要给家里拾草。到了山上，拾一些草，我便做起了挣钱的勾当。夏天刚刚过去，知了已经死光，但树上还有一些它们出土后蜕下的皮。我知道，那东西叫"蝉蜕"，是一味中药，代销部常年收购。夏天的每一个早上，都有人去树上捡来卖。但我恐高，一上树就害怕，所以从没捡过。而现在，为了能买上白纸，我壮起胆子，手足并用，爬上了树干。

那个季节，知了皮已经被人几近捡光，剩下的都在树冠高处。我发现一个，便战战兢兢，一点点往上爬。爬到高处，树枝摇摇晃晃，我头晕目眩。我抱住树枝镇定片刻，还是继续爬，继续爬，直至伸手取下，装进衣兜。衣兜里有了，还要格外小心，免得挤碎，因为碎了的不能卖钱。

捡一个，再捡一个。爬一棵树，再爬一棵树。我记得，第一个下午，我爬了十多棵树，捡到了七八个知了皮。

再后来，我胆子渐渐变大，收获也日益增多。有一天，我爬上河滩里的一棵枰柳，发现树梢上有一个，就急匆匆扑去。只听"啪"的一声,我突然掉下去,砸在了地上。挣扎着坐起来时,左肩膀剧痛,扒开褂子看看,那儿有大片红紫,且流着血汁。

起来活动一下身体,发现别的没有损伤。抬头看看树梢,心有余悸。我想,我捡的知了皮,够买几张纸的了,算了,不干了。

回到家,我将捡到的蝉蜕归拢到一处,用瓢端着,兴冲冲去了代销部。代销员过完秤说,两毛五,要钱还是要东西?我说,我要白纸!他就数了五张光连纸,卷成一卷,递给了我。这纸卷儿很是粗壮,我扛在肩上雄赳赳回家,像一位扛着钢枪的凯旋战士。

此时,父母还在地里劳作,家里只有弟弟妹妹。我将纸铺在床上,让弟弟妹妹帮忙,一张张扯起,一张张裁开,拿来母亲用的针线,订成了五个本子。

而后,我将铅笔削尖,用舌头舔一舔,万般郑重地掀开其中的一个本子,一笔一画地在上面写:

白纸黑字

呼唤肌肉

过去的农村孩子，人人都是肌肉的"粉丝"。我小的时候，对那些中青年"男劳力"身上的肌肉特别崇拜。看到他们劳作时，腿上臂上、胸前背后鼓起来的一个个肉疙瘩，经常痴痴地想：我什么时候也能长成那样？在我眼里，那些肌肉就是身份，就是地位，就是工分，就是钱财，甚至，就是爱情。因为，我经常见到姑娘们向肌肉发达的小伙子投去暧昧目光，经常听到大嫂大婶们对他们发出由衷赞叹："你看人家长得！"

当然，那些"肌肉男"也明白自己的价值，在妇孺和老人面前得意洋洋，趾高气扬，经常上演一下"肌肉秀"：挑水抗旱，有人扔掉勾担不用，用手提着上百斤重的两桶水在沟岭之间来回飞奔。几百斤重的一驮子庄稼，本来要两个人抬起的，有人独自把它扛起来，从从容容放在毛驴背上。闲暇时，"秀"的花样就更多了：

有人和孩子们玩一种"抓肉老鼠"的游戏:攥拳曲臂,让肱二头肌缩成一个肉团,且上下蹿动,让孩子嘻嘻哈哈地去捉。夏天的夜晚,人们在户外乘凉,会见到这样的绝活表演:某男袒臂不动,待蚊子落到肌肉上,他用力一缩,立马将蚊子的嘴紧紧夹住。即使这人将胳膊抡成风车,再停下来的时候蚊子照样趴在那儿,你说那肌肉有多么紧吧。

尽管我十分崇拜肌肉,但是肌肉在我身上并不发达。我十五岁就当了民办教师,肌肉得不到充分锻炼,成了乡亲们瞧不起的一块"闲肉"。我也曾偷偷玩过夹蚊子的游戏,等到蚊子落到胳膊上,也感觉到它的嘴深入肌层了,可我一旦用力,那蚊子立马拔嘴飞起,唱着小曲儿离开,让我不胜羞愧。干农活更不用说了,我星期天和假期里去生产队参加劳动,因为力气不足,经常遭受"肌肉男"们毫不留情的嘲讽:"整天在学屋里歇着,怎么就攒不出劲来呢?""干活这么慢,吃屎也撑不上热的!"

以后的岁月里,我离农村越来越远,身上的肌肉不但没有长进,反而日益松弛。在县城工作的时候,我最怕回家帮忙干农活,去地里干上一天,身上的肌肉又酸又痛,甚或痉挛不止,回单位之后过好几天还歇不过来。

老婆多次向我指出,你呀,幸亏脱了产,要是还在庄户地里,你狗屁不是!我心服口服,频频点头:对,对,一点儿不假!

虽然暗暗庆幸自己不再是个劳力者,但内心里的"肌肉情结"依然存在。1990年我在山东大学作家班学习时,去看过一个关于人体构造的科普展览,一架架骨骼,一个个器官,让我触目惊心。最让我吃惊的,当属一条人腿。讲解员介绍,这条腿是"燕子李三"的。在旧社会,河北有个"燕子李三",山东也有个"燕子李三",都是江湖大盗,传说他们会飞檐走壁。山东的这一个,1949年被公安部门抓获,判了死刑,尸体让医疗部门弄去做了标本。燕子李三的这条腿在一个玻璃柜里站着,是剥了皮的,意在展示其肌肉。我站在那里看了半天,心中装满了惊讶与自惭。我不是羡慕李三的飞贼本事,而是惊讶于人类的肌肉竟能发达成那个样子。我至今还清楚地记得,在那条腿的断茬处,有一些肌肉束散在那儿,每一条都像我小时候玩的橡皮筋儿。

让我想不到的是,我怀揣着这份自惭苟活到今天,却突然发现,如今有"肌肉情结"的人越来越少了。有一天上网,我溜达到一个论坛,看见一群女性在讨论这样一个话题：肌肉男可不可爱。有的说，可爱；有的说，尚可；有的说，做情人可，做丈夫不可；还有人宣称，她们不喜欢肌肉男，喜欢有肚腩的男人，尤其是三四十岁的男人，肚子微微挺起，简直是性感极了！

这种标准让我十分吃惊。可又一想，光是她们喜欢肚腩男吗？不，连男人们也是喜欢的。我就多次听过男人对男人的评价：看他肚子瘪瘪的，没有个大出息！拿我来说，也不知从什么时候起，也觉得那些稍稍发胖的男性看上去比较顺眼。尤其是中老年男人，如果身上缺乏脂肪，只有满身的肌肉加上满脸的皱纹，我往往怀疑他的身体是不是有了毛病，工作与生活是不是出了问题。当然，在我和一些男同胞眼里，发胖要"稍稍"，肚子要挺得适可而止，如果太大，那也是我们不愿看、不喜欢的。

总之，现在人们的审美观真是变了，"脂肪男"已经取代"肌肉男"，成为女子的求婚对象，也成为男人的欣赏对象。这是怎么回事呢？我想，这肯定不是生物学意义上的原因，而是联系到经济、政治，才让大家生成了如此眼光。因为，在当今社会，男性公民如果仅靠肌肉生存，那他可能会沦为底层；如果企图高质量地生存并有所发展，那他就要让肌肉坚决地闲下来，把脑筋超负荷地发动起来，全力以赴地去学习所谓的"知识"，获取所谓的"智慧"，历练所谓的"才能"。在这个过程中，此消彼长，脂肪自然而然地取代肌肉，在男人身上堆积起来，堆积到一定程度，就可能与权力、金钱等等一些好东西联系在一起。这样，人们就对脂肪有了好感与美感。

有了这样的审美观，我们这个社会，就越发大批量地制造"脂肪男"了。孩子们从小就受到这样的教育：分数就是一切，考上名牌大学就是一切。于是，许多学校都把体育课放到了可有可无的位置，兢兢业业地为孩子们添加脂肪。在一个个家庭里，父母更是催命般地让孩子看书学习，不让他们做一点点费体力的事情，恨不能亲自替他们吃喝拉撒，自觉自愿地为其添加脂肪。孩子们毕业后走上社会，除了从事体力劳动的一部分人，那些进入党政事业单位和在企业当上白领的年轻男性，又是全身心地打拼，努力"发展"自己，一天到晚忙于职事，耽于应酬，又在勤勤恳恳地为自己添加脂肪。他们中的大多数人缺乏体育锻炼，至多在谈恋爱或看体育节目的时候紧张一会儿心肌，在开车的时候劳累一下右腿。

现在的男人们也很不像话：只许自己发福，不许女性长肉。明知自己衣带渐窄，却要女性个个瘦成赵飞燕。我们在公共场合经常见到这样的滑稽场面：一圈男人们坐着，个个都像临产孕妇，却将眼睛盯向旁边的女性，为她们的身材打分。假孕妇们的打分标准通过各种渠道让女性们知道了，她们就急急惶惶地去量三围，称体重，下定决心要把自己打造成"骨感美人"，但她们的手段往往不是体育锻炼，而是培养起对食物的深仇大恨，从节食到绝食，手段不一而足。

这样，男人们要脂肪，女人们要骨头，肌肉却没人要了。正常的人类身体，肌肉占百分之四十左右。在如今的中国成年人身上，它占多大比例呢？要是能够做一个总量统计的话，肯定是不正常了。你在城市里放眼四周，有几个人还能胜任体力劳动？肌萎缩、肌无力成了普遍的病症。就连农村里，也有一些高考落榜的年轻人无力下地干活，无力外出打工，只好整天待在家里，成了根本没啥可啃的"啃老族"。

说到这里，我真是忧心忡忡。要知道，肌肉问题，其实关系着国家的未来，如果不抓紧改变观念、机制和生活方式，中华民族前途堪忧。

我真想大声呼喊：

肌肉，请你快快回来！请你牢牢粘附在中华民族的骨头上，历久弥坚，为她的生存与发展提供强大动力！

学堂

许多年来，我每年都要整理一份"家庭大事记"。我家2013年的第一件大事，应该是"父母一齐生病，兄妹长年伺候"。

父母生病是在正月。先是母亲住进医院，在病房里过元宵节。那天晚上，看看窗外璀璨的烟花，再看看病床上呻吟着的母亲，我们兄妹几个愁容满面。

节后三天，父亲又突患重症。在县医院病房楼，父亲住第七层，母亲住第四层，他们的五个儿女蹿上蹿下，疲于奔命。好在两天后母亲所在病房有了空床，蒙护士长恩典，二老终于住在一起，才让我们方便了一些。

母亲住了一周，痊愈出院。父亲却病情加剧，要求回家。我们当然不肯，遵医嘱将他送进重症监护室。在里面住了两天，情况益发严重。监护室门外，探视的亲友一拨一拨潮水一般，可是谁也见不到病号。头一天只有我进去十来分钟,听父亲有气无力说出两个字:"回家。"第二天我四叔进去,父亲昏迷不醒,连那两个字也说不出来了。四叔出来挥挥手说:"走。"

于是,就办理出院手续,带父亲回家。

我们作了最坏的打算,我女儿也从国外赶了回来。想不到,几天后有了转机:老人清醒,开始进食,体力日渐增强。兄妹五个商定,以后改为轮流值班。我们在老屋前合了个影,记录了这一次长达半月的集体行动。

阳春时节,父亲身体变好,能拄拐在院里走上两个来回,到大门外坐上半天。后来却出现退步,他大多时间都在屋里,或躺或坐。我们要送他去医院,他坚决不肯,说人生免不了一死,坚决不再去医院受罪。年初在医院的一些遭遇,成为他挥之不去的梦魇,每次提起都很气愤。我们见他没有多少疼痛,就尊重他的选择,拿来药和补品,在家给他用上。

父亲当过多年的村支书,前些年爱看电视新闻,每见到我都要与我讨论半天时事政治。可是今年,他吃过饭就要睡,对天下大事漠不关心。他每天做的事情,只剩下"吃喝拉撒睡"这五件了。

母亲八年前有过一场重病,卧床大半年,我们兄妹几个齐心合力给她治好,此后她能料理家务,还能帮我三弟干些农活。然而今年病过一场,她瘦得只剩下八十来斤,脑子也不好使了。她收藏的衣物,每每遍寻不着;她去做饭,电饭煲经常是半天不见动静,原来是忘了摁钮。还有一次,我打开冰箱,见里面有一块叠得方方正正的棉布——母亲将冰箱当橱子了。

于是,我们兄妹在老家值班便成为必需,进入常态。先是每人每次五天,后来改为每次一周。三弟因为住在老家,除了值班,还随时随地过去。

这样,今年我就频频回老家了。这一次回去,帮母亲栽花;又一次回去,帮母亲种菜。春天回去,花儿开了;秋天回去,花儿谢了。中秋回去,萤火虫在月光下飞舞;初冬回去,院里院外草木萧萧,早晨的屋瓦上一片白霜……

母亲对当下的事情糊里糊涂,对从前的经历却记忆犹新。她经常讲我们家的往事,讲我们村的历史。有一天,她还说起了她小时候上学的情景,说着说着开始背诵课文:"秋风起,天渐凉。暑假满,进学堂……"

我看着母亲的一头白发,直听得热泪盈眶。我想像不出母亲七八岁时进学堂念书的样子,但是那个学堂我很熟悉,我们兄妹几个的小学时光都在那里度过。似乎是一眨眼的工夫，我们现在均至中年，进入了人生的秋天。

秋风起，天渐凉。暑假满，进学堂……

我们今天的学堂在哪里？就在父母的身边，在父母的病榻之前。

但愿我们都能成为好学生。

车轮滚滚,宿命难逃

许多年来,父亲有一条最让我瞧不起:他不会骑车。他本来是最有条件学车的,可他终于没能学会。

二十世纪七十年代初,自行车在我的家乡还十分稀罕,能够拥有的,一般是公职人员或集体单位。因为公社经常开会,有时还要四处参观,所以每个大队都购置一辆公车供干部骑用。父亲是大队党支部书记,也召开支委会作出决定,花155元买了一辆青岛产的"大金鹿"。我想,这个时候,父亲肯定是打算学车的。

然而,首先学车的不是他,是普通的社员群众。那天把车子买回村,男女老少纷纷前去观赏,光是那只铃铛上就不知有多少只手叠放在上面,都想把它捏响。光是捏铃还不过瘾,有人就想骑上去,要驾驭这种用钢铁与橡胶制成的新式交通工具。我父亲起初不答应,后来被缠磨烦了,说,学吧学吧,反正这车是集体的,人人有份儿。于是,"大金鹿"就被人推到了村东麦场里。

那个学车场面,我现在还记忆犹新。那简直是鹿落狼群——大群精壮汉子你争我抢,差点儿就把车子大卸八块。后来有人发现,这样谁也学不成,就用"抽草棒"的方式解决问题:弄来一些草茎,谁抽到最长的一根就学上几圈。这样一来,才有了秩序与效率。那天正好是满月之夜,从月亮出山到太阳出山,宋家沟二村有三十多位男社员学会了骑自行车。当然,大金鹿也脱皮掉毛,惨不忍睹。那两条车拐腿不知摔弯了多少次,没法转圈儿,社员们就拿镢头把它一次次撬直,接着再骑。

那年我十五岁,也想学车。但我年小力薄,无法与那些青壮年竞争;另外我也怕摔,因为我亲眼看见学车者有多人受伤,就一直站在麦场边上旁观。过了几天,我去三姨家玩,见她家的车子闲着,就壮着胆子学了起来。摔过几个跟头,学会之后,我从三姨家出发,去了一趟12里之外的临沂。回到家里,我讲了我的成就,问父亲学车了没有,父亲说:不急。

这时,全村想学车的人多已学会,大家都想利用自行车带来的高速度,去宋家沟之外的地方逛一逛,于是就找各种借口向我父亲申请用车。我父亲宣布,除了公事,除了给重病号拿药,谁也不准动用公车。

公事,主要是外出开会,开会最多的人当然是支部书记，可我父亲照旧安步当车。我多次问他，你怎么还不学车呀？父亲说：不急，不急。别人问他，他也是说：不急，不急。有一天他到公社开会，天黑了好久才拖着沉重的脚步回来，说：唉，不学车不行了。原来，这天公社组织秋种大检查，与会人员要骑着自行车看好多现场。全公社52个大队，只有他和圈子村的书记老王不会骑车。我们公社地处丘陵，道路除了上坡就是下坡，一辆自行车很难负载两个人，他俩只好跟在后面步行。老王和老赵，都是老实人，人家看几个地方他们也看几个地方，不会偷懒，结果累了个半死。

父亲学车也是选在晚上。奇怪的是，他没让我去帮忙。更奇怪的是，他很快从麦场上回来，坐在桌子边一个劲地抽烟。我问他，会了没有。他说：太难学了，算了吧，反正我还有老王做伴。第二天，我在别人那里得知了父亲学车的经过：他推着自行车在麦场上转了一圈又一圈，就是不敢骑上去。在别人的再三鼓动下，终于准备迈腿，却连人带车猛地摔倒。这样的情况出现几次之后，他就中止学车行动，揉着摔痛的地方回家了。这时我才明白，父亲之所以磨磨蹭蹭迟迟不学，全因为他的怯懦。我劝父亲：人家会，咱就不能会？摔几下怕什么？我母亲和我弟弟妹妹也劝，父亲却连连摇头，坚决不干。

那年,父亲只有三十五岁。此后,他再没学习骑车,无论开会还是赶集,都是依靠双脚,我们家乡把这叫"步撵儿"。大队的那辆公车,多由别的干部骑用。1973年,我到8里外的一个村子当代课教师,父亲拿出全部积蓄,也为我买了一辆"大金鹿"。这时我劝他再学,他还是摇头。

有一天,我从教书的村子去公社开会,中途遇见了父亲。他背着煎饼包,正晃动着微胖的身体在前面踽踽独行。我知道,他也要去参加公社的大会,就追上去,要驮着他一块儿走。父亲上了后座,因为身体较重,坐姿僵硬,让我的骑行非常艰难。我没好气地说:你看你,要是自己会骑车多好!他说:我就知道你不想带我,你走吧,我不坐了。说罢跳下车来,一个人继续"步撵儿"。我不再管他,自己骑上车子蹿到头里,一边走一边暗暗发誓:我这辈子,一定要活到老学到老,决不做他那样的怯懦之人!

三十年下去,我一直牢记誓言,学这学那,从不懈怠。父亲呢,直到从大队书记的位子上退下来,还是不会骑车。他不用出去开会了,偶尔赶集,依旧步行。我曾多次当面嘲笑他,他也不生气,只说:就是学不会了,还能怎么办？我说：怎么就学不会呢，你看我，不是学会了好多东西？过几年，我还准备学开车呢！

把这句大话撂下，我却一直没有实施。一方面，单位有公车，一般用不着自己开；另一方面，在我内心深处，其实是畏惧汽车的。想一想，那么一个大铁家伙跑得贼快，肯定不如自行车听话，万一出了事，可不是好玩的，就一年一年地拖，迟迟按兵不动。等到许多同事、朋友都学会开车，我也快到离岗年龄了，心想，再不学就晚了。加上老伴学车的积极性很高，在家里经常鼓动，在2008年的4月份，我俩一起去驾校报了名。

第一次学车是在下午。我打算像往常那样睡一会儿午觉，上床不久，突然有一个声音响在耳边："你的死期到了。"我遽然惊醒，心慌意乱。我想：这是谁在对我说话呢？想来想去，不会有别人，只能是自己。那是我的心声，是我在下意识里害怕学车。我给自己打气：没事，人家能学，咱也能学。起床后，就和老伴去了。

到了驾校，教练板着脸吆三喝五，更让我忐忑不安。很快，我们被领到一条马路上操练，那里车来人往，险象环生。幸好那个下午我学会了启动车辆和拐弯儿，并没出事，可以活着回家。

随后，又学了两个半天。由于学员太多，我在暮春的骄阳下暴晒三四个小时,才能有一次上车练习的机会。把这情况说给一位朋友听,他自告奋勇道,我抽空陪你和嫂子单独练去。

第二天下午,朋友用自己的车把我俩拉到市郊一段公路上,让我俩轮流驾驶,他在副驾驶的位子随时指导。我虽然还有些紧张,但技术上长进很快,来来回回开了几十公里。老伴和我差不多,也把车开得越来越顺溜。

太阳西下,我把车子开到一个岔路口,朋友让我到另一条路上试试,我就执行了他的指令。那是一条通往山区的乡间公路,比刚才的路要窄一些。我有些担心,但还是躲过行人和车辆,前行了几公里。老伴这时提出,她要开一段,我就把车停下,与她交换了位子。

车子在老伴的驾驶下驶往山区。很快,前面出现一个大弯,接着就是上坡。前面一辆大货车正在喷着黑烟爬坡,把大半个路面挡住,我们的车子则以很快的速度冲向货车屁股。老伴慌了,说:怎么办?怎么办?朋友急忙去打方向盘,接着"砰"的一声,我们的车撞到路边的树上熄了火。

车死了,人还活着。他俩从前面下来,都安然无恙。我坐在车上没动,因为我觉出了右臂的异样:想把它抬起,却有大半截不听指挥。老伴问我怎么样,我说:我的胳膊断了。我猜测,我之所以断臂,是因为刚才坐在后座中间惊恐地看前面,在车与树相撞的一刹那,右臂猛地甩到了前座的边沿上。

朋友急忙打电话调来另一辆车,把我送回市里。路上,那大半条胳膊老往下掉,我只好用左手托着右肘。到了医院,拍片看看,右肱骨果然断成了两截。

办好住院手续,我的右臂已经肿得可与大腿媲美。挂了一夜吊瓶,第二天上午我被推进手术室。局部麻醉之后,刀声钻声,声声入耳。从手术室出来,我身上多了一条钢板和若干颗钉子。

在医院躺了两天,回想学车的前前后后,四句顺口溜念了出来:

臂伤赚得闲时光,
且把病房当禅房。
谁说九折乃成医?
一折便悟保身方。

各位看官,你看出我的悔意了吧?我懊悔自己孟浪,一大把年纪了,还不懂如何保护自己,偏要学那充满危险的鸟车。这一下可好,不只撞断了自己的胳膊,还让那位朋友破财劳累,让众多亲友担惊受怕。

我进而想:这桩车祸,其实是提了个醒儿,让我和老伴趁早刹车。你想,如果顺顺利利拿了证,以后还不知会出什么事呢。我们两个老东西死不足惜,要是拉着闺女寄养在这里的两个孩子出了事,那还了得!我和老伴说到这种可能性,两张老脸都变得蜡黄。我们达成共识,接着就给驾校打电话,声明停止学车。

听说我出了事,父亲和弟弟妹妹急忙从二百里路外的老家赶来看望。父亲拄着拐棍,拖拉着患老年关节炎的双腿走进病房,问了我的伤情,说:伤好了还学车不?我说:不学了。父亲听后,放心地点了点头。

两周后出院,一年后再去剖开臂肉取走钢板,我至今再没动过学车的念头。应付公务,用单位的车子;平时办私事,或者打的,或者坐公交车。如果路不太远,就动用父母赠给我的"11号"——双腿。

如今,城里的小汽车越来越多,"步撵儿"的人越来越少。我居住的日照新市区地广人稀,经常有这种情况出现:马路上车轮滚滚,人行道上只有我踽踽独行。我有时想,一些同龄人尽管不会开车,但他们的孩子会,可以拉着他们跑来跑去。我女儿在国外,有车我也坐不上,我可能就这么一直走下去,直到老得走不动路,呆坐在家中等死。这个时候，心胸间就会有丝丝缕缕的落寞情绪冒出来，让我不爽。

当然，我也有一些排遣的办法。多想想不开车的好处，节能减排过低碳生活啦；走路有利于健康啦；拿圣贤言论劝慰自己，不滞于物、不以物役啦，用平常心对待一切啦，等等。有一次我读《世界文学》杂志，得知一位法国当代作家平生从没拥有汽车，还公开声明说，他不需要用一辆小汽车来证明自己在这个世界上的存在。我心中立即产生强烈共鸣，笑道：哈哈，我也不需要用小汽车证明我的存在！

不过，我排遣掉落寞情绪，平平静静地走在街上时，眼前还是经常出现我父亲的影子。他，正晃动着微胖的身体，在山路上独自"步撵儿"。

我想，他在前，我在后，爷儿俩并没有多少区别。

这就是宿命。难逃的宿命。

崮下

一、海底

我满头大汗,气喘吁吁,终于站到了海底。

海底,是几亿年前的。而今,却是海拔474米的山顶。

被我踩在脚下的,叫作透明崮。有一石洞,贯穿崮身,由此得名。东南方向,千米之外,还有两崮:一个叫老龙头,一个叫老婆鞋。沂水作家魏然森在此挂职副镇长,说老婆鞋不好听,叫绣花鞋吧,当地人欣然同意。

那天,我在透明崮顶打量一下老龙头,打量一下绣花鞋,而后在正午的阳光下扬起脸来,想象当年的大海,在我头顶不知有多么高深;想象那些来自陆上的碎屑物,那些海洋生物的骨骼和残骸,那些火山灰和宇宙尘,在悠悠下沉。下沉的过程,千年万年,十万年百万年,千万年万万年,慢慢慢慢,沉积成岩。不知又过了多少万年,海水渐渐消退,沉积岩裸露为地表,成为地球的一块外壳。又不知过了多少万年，雨水冲刷，风力剥蚀，地表出现缝隙，且一年年扩展。缝隙变深，成为沟壑，沟壑再扩展，让沉积岩不断坍塌，最后只剩下一块一块，分散在各个山顶，像乳头，像瓶盖，像圆球，像方盒，像老龙头与绣花鞋之类，被后来出现在这里的人类统称为"崮"。

公元二十一世纪之初，中国地理学会将这种地貌命名为"岱崮地貌"，因为专家来考察，先在蒙阴县岱崮镇发现了这种奇特的山峦。这是继"张家界地貌"、"喀斯特地貌"、"嶂石岩地貌"、"丹霞地貌"之后的中国第五大岩石造型地貌。

"沂蒙山区，七十二崮"。此为概数，只拣著名者算计。位于沂水县诸葛镇秀峪村前的透明崮，便是七十二崮之一。

我站在崮顶往下看，只见杏花似海，灌满山间。红瓦村落，在花海中潜伏。从崮顶往下走，便是从古生代寒武纪走向新生代第四纪人类世的过程。

跌跌撞撞下行，看见山腰上的石头一层一层，也是沉积而成。但那不是石灰岩，是褐色页岩，厚者如砖，薄者如纸。如纸者极其细密，如同书本，用指头掐下一块，轻轻一捻即成灰土。我去过沂蒙山区北部的山旺地质公园，那里的硅藻页岩与这里非常相似。而硅藻页岩有海相矿与陆相矿之分，这里的不知属于哪一种。

我抬头看看崮顶高达十几米的石灰岩绝壁，再看看山下号称自元代即有的村庄，心中猜度：在这二者之间，到底经历了多少次沧桑巨变？

二、石棚

页岩，给在此居住的人类提供了便利。他们捡来一些，覆于屋顶，便可遮风挡雨。这种石棚，也叫石板屋，是昔日沂蒙民居的一大品种。秀峪村前有一看山屋，堪称典型。两米来高的小屋上，层层叠叠，上片之尾压住下片之首。檐边，一串瓜蔓匍匐，几株枯草招摇。破门上的斗大"福"字，纸张红艳艳的，意味着这里还有人居住。

到村里，也能寻见几处石板屋，但均已废弃。多数房屋十分讲究，覆盖了用窑火烧制的红瓦，墙上的石头则用石灰岩打造。一块一块，方方正正，有的还凿出美观细密的斜纹。

然而，这种瓦屋却被现在的年轻人瞧不起。尤其是姑娘，择偶的标准之一，便是男方在城里有没有房子。

城里没有，若镇上有，也可凑合。反正，在村里建起再好的住处，也难以打动她们的芳心。

沂蒙山区还有天然的石棚，一种是石灰岩里被水冲出的洞穴；一种是页岩塌陷而形成的石洞或罩崖。前者，先是水滴石穿，由孔成洞，再是水滴石长，造就石钟乳、石笋、石柱之类。我曾进过这一带的几个洞穴，有一个被称作"天然地下画廊"，长达几千米，内部景观美不胜收。在透明崮西面几里许，有"韩湘子洞"，传说八仙之一的韩湘子曾在此修炼，创作了著名的道教音乐作品《天花引》。今人在杏花海中遥想仙踪，似能听见箫音苍凉，如梦如幻。

这些石棚，也见证了人类历史上最丑恶的场景。那年秋后有一天，山草枯黄，南山上出现一种颜色更黄的活物，潮水似的奔袭而来。有人认出，那是鬼子，于是纷纷向北山上跑，去石棚中躲藏。鬼子赶去搜寻，在一个石棚里抓到三人，其中一个是秀峪村支书王照龙的父亲。幸亏他们地形熟，心眼儿多，在途中先后逃脱。

有血性的人奋起反抗，石棚里便有了一次次秘密聚会，一个个庄户男女加入了共产党。在小小的秀峪村，党员竟然发展到四十八人。

国民党五十一军有个连到这里驻扎，连长姓钱，因为杀人不眨眼,绰号"钱阎王"。村里有人向他告密,说秀峪村有四十八个共产党员。告密时,恰巧被一个党员听见,去报告党组织负责人。马上,所有的党员都接到通知,去石棚里躲藏。可是躲了半天,却不见"钱阎王"闹出动静。原来,"钱阎王"不相信这里有那么多共产党员,加之老婆临产,他不想让此地有血光之灾。这时,他奉命转移,在二十里外中了日军埋伏。"钱阎王"经过一番厮杀,冲出包围圈,却发现老婆没有出来,回头去救,夫妻双双罹难。秀峪村的四十八个党员,一个没少,上级觉得这里势力雄厚,在此成立了沂北工委和行署。

我在村中漫步,看见有的人家院落内外,放了一些石钟乳和石笋。打听其来历,主人淡淡地说,在石棚里捡的。

我蹲下身去,拿手掌拍击一尊石钟乳,它"空、空"作响,振我心弦。

三、果木

秀峪村东,一棵百岁楸树高高矗立,尚未发芽的枝杈直戳云天。七十岁的村支书王照龙说,他吃过这棵树的叶子。不只是他,村里好多人都吃过。爬上树撸一些,回家煮烂，揎进肚子。不过，楸树叶有毒，吃了肿脸。

从前，山里发生饥荒，山民缺少粮食，就借助"棵棵子"救命。"棵棵子"是当地方言，泛指各类植物。"棵棵子"的叶、皮、根、花、果，一样样被采来，上碾、上碓、上磨，进锅、进笼、进肚。咽不下的，动员咽喉肌的力量努力吞；拉不出的，借亲人之手和铁钩之类往外抠。

饿急了的人，发现力超强。他们看到，柿子树开花时，有"柿子窝窝"落下，那是头一年柿子坠落后留下的果蒂，无毒且有营养，妇女孩子纷纷去捡。捡回一些，与别的东西掺在一起磨碎，烙成煎饼。他们发现，如果不用粮食磨煎饼糊，无法黏合，而榆树皮黏性十足，于是，许多榆树被剥光了皮，裸身死去。

那时，村里会有人突然肿脸，眼睛难以睁开。那是吃了某些"棵棵子"。楸树叶子有毒，洋槐花、灰灰菜之类碱性太大，吃多了都会肿脸。还有一些"棵棵子"，吃了不肿脸，而是拉肚子。几泡稀屎拉过，连走路的力气都没有了，躺在那里奄奄一息。

即使有那么多的副作用，但"棵棵子"还是救了好多人的性命。

村民讲，过去这里穷得要命，有生产队的时候，一天工值只有一毛五分钱。"大包干"之后富起来，主要靠了果木。

秀峪的第一个大款就靠果木发财,此人姓武。三十年前,他看到当地产的水果卖不出去,就借钱收购,雇车拉到南方城市,出手后赚了大钱。他一趟一趟,皮包鼓胀,回家将一捆捆钞票"啪啪"地往地上摔,向老婆孩子显示自己有多牛。他买来全村第一台彩电,每到晚上家里挤满观众。老婆对他很崇拜,好饭好菜犒劳他,然而男人再回家,不是摔钱,而是向她脸上身上摔巴掌,她喝农药自杀。老婆死后,武老板娶来一个年轻寡妇,接收了两个孩子,又带自己亲生的两个儿子外出贩水果。后妻在家整天种地、干活,被人戏称为"劳动委员"。十几年下去,武老板老了,跑不动了;"劳动委员"也老了,干不动了,带着孩子毅然离去。老武借酒浇愁,有一天酒后骑摩托,突然摔倒在地,摩托扯着他继续走,让他的耳朵被石头割掉一只。现在,两个儿子在外地做生意,都不管他,只剩一只耳朵的老武只有一个心愿:希望村里将他列为低保户,给予照顾。

虽然老武的人生走向低谷,但由他开创的果木商道日益畅通。每年杏子黄了,苹果红了,便有外地人带着大车进来,付给山民钞票,换取满车清香。山民们尝到了甜头,将水果越种越多,每年春天,这里花海泛滥,引得城里人纷纷前来观赏。镇政府顺势而为,连年在此举办"杏花节",更让秀峪人潮涌动。

我来这个村子,已经是"杏花节"的第三天了,依然有一辆辆车子开进来,一群群红男绿女走入杏林。山风一吹,落英成雨,引发一阵阵大呼小叫。

驻秀峪村扶贫工作队长武凯旋说,他正与村里商量,打算将一片老杏树嫁接成梅树,建一片梅园。到那时,透明崮下,腊梅飘香,来这里的赏花人潮会多上一波。说这话时,他那白皙的脸上,现出诗人般的憧憬。

我随他在山上走,屡屡被花椒树牵襟挂袖。这是此地另一种果木,几乎家家都有。用一片片薄石板垒起的地堰,极富艺术感。还没发芽的花椒树身姿曼妙,仿佛摆着 pose 等我拍照。它们也是有功之臣,每年都向主人奉献一树红皮麻果儿,让他们换来不少收入。有的户栽的花椒树多,一年能卖四万多元。

这里的耕地很少,除了种水果,便是育树苗。因为山里山外都在扩展林果种植面积,苗木需求量巨大。秀峪的一些人发了财,想扩建苗圃,但在本村找不到地方,就去外面租地。近的三里五里,远的十里百里。最多的,在外地建起几百亩的苗木基地,成为富豪。

育苗要先种砧木,待它长起再搞嫁接。嫁接是个技术活儿,许多男人女人,练成了高手。他们在本村干,到外地干,计件取酬。接一个苗眼儿两毛钱,有人一天能接两千,挣四百多元。靠着这样的收入,他们活得很滋润,有的还在城里买房给孩子居住,让儿孙当起了市民。

我在秀峪村遇见,住在城里的年轻人这天开车回来,携家眷踏青赏花。村中道路有一段十分陡峭,从高处往下冲时,车里的女人孩子连声惊呼。

四、狼踪

那天晚上,将圆未圆的月亮高悬于"老龙头"崮顶,武凯旋带我采访,走二里山路去于家旺村。该村书记于秀堂大我四岁,当过民办教师,我们谈得十分投机。

谈到十点,老于两口子挽留我们住下,说孩子都不在家,有几张闲床。我和老伴答应了,武凯旋却要自己回去,老于说:你不要回,路上有野物。我问什么野物,他说是狼。武凯旋说:你别吓唬我。老于说:不是吓唬你,是真的。这山里真是有狼,好多人都见过。有人夜里上山照蝎子撞上了,两只狼眼蓝莹莹的,把他们吓得不轻。

在我小时候,家乡莒南是有狼的。我虽然没有亲眼见过，但听过它们在山里的嗥叫。后来，狼在我的家乡绝迹了。不只在我家乡，许多人的家乡都没有了狼。世纪之交，生在陕西商州的著名作家贾平凹，专门写了一部《怀念狼》。我没想到，在沂蒙山的深处，竟然还能发现狼的踪影。

这里之所以有狼，是因为供它存活的生物链还在。野兔在这里一直生生不息，自从被列入国家保护动物名录，这种大耳朵精灵有恃无恐。有关部门管理颇严，打一只野兔罚款五千，饭店让一只野兔上桌也罚五千。老于说，现在野兔可多了，吃麦苗，啃地瓜，成了一大祸害。

不只是野兔，这里的鸟类也多，多得成灾。斑鸠、野鸡、白头翁、灰喜鹊，又吃庄稼，又吃水果。玉米苗一出，鸟就来啄，啄得叶子残缺不全；樱桃一熟，鸟就来吃，一口一粒。一个苹果值好几块钱，让它们啄一口就毁了。套上纸袋也不中用，它们用嘴撕开再吃，相当聪明。灰喜鹊是松毛虫的天敌，然而松毛虫只供它们吃一季，其他季节只好另觅食物。它们时常组成空军，黑压压一片，扑到村里与人争食。

几年前有人告诉老于，说山上多了一样东西，尾巴很长，会从这棵树飞到那棵树上。老于上山发现了，认出它是在电视上见过的松鼠。他想，真是奇怪，以前这里从来没有松鼠，它们是怎么来的？然而松鼠不讲自己的来历，只是"吱吱"叫着，上蹿下跳。有几次，还蹿到老于家里，将他晒的核桃"咔嚓嚓"咬开，美美大啖。

在秀峪村，人们还告诉我这么一件奇事：野鸡、喜鹊联合战蛇。说有一天下午，几个老太太上山干活，发现一条蛇正爬向一个鸟窝，里面有好几个蛋。一只野鸡突然飞来，一边惊叫，一边啄蛇。很快，又有一只喜鹊过来助战，也用尖嘴向蛇发动袭击。两只鸟扑扑棱棱，一条蛇扬头吐芯子，大战了个把钟头。终于，那蛇狼狈逃窜，钻进石洞。人们说，可惜几个老太太不会用手机录视频，要是录下来发到网上，一定吸引眼球。

五、土地

秀峪村东，有一小庙，供着土地神。庙门口贴着一副对联："无僧风扫地，缺烛月作光。"这两句话，让我大为感动。

在中国神仙谱系中，土地是身处基层的小官，只辖一村。因为职位卑微，村民对他们低看一眼，不给他建大庙,只建一座几尺高的小庙。有的村子穷,连小庙也建不起,就将瓦缸敲出一个豁口,倒扣在地,供其容身。但人们过年时,觉得亏待了土地,会写一些对联安慰他。秀峪村土地庙的这一副,就是劝他安贫乐道——没有值勤的僧人给你扫地,你就借助风力打扫吧;没有上供的蜡烛,你就用月光照明吧。

那天晚上,我在村东漫步,感受着暖烘烘轻悠悠的春风,沐浴着山间格外明亮的月光,心想,我死后,如果能在这种地方做个小小的土地神,那将是天大的福报。

与土地神同一级别的,是活着的村官。他们既受上级领导,又领导着几百号村民,经历的酸甜苦辣,难以道尽。

两个村的书记,都干了二三十年,都已年近古稀。我问他们,那些年来,最难的是什么?他们说,是前些年收提留。提留叫"三提五统",名目繁多,一些村民不愿交或交不起,就起了矛盾,有了冲突。为了收齐,乡里往往组织人到村里"砸楂子",意思是解决那些顽抗的村民。书记既要接待乡里来人,又要帮他们"砸楂子",还要维护村民利益,夹在当中非常难受。有一回,收提留的来到于家旺,有一户没钱,来人竟要将他的一囤地瓜干拉走。老于看见被拆开的囤子尘土飞扬，就说这地瓜干发霉了，有毒，这些人这才住手。

实在收不全怎么办？村里贷款补齐。至今，两个村都在信用社有陈年老账，四百口人的于家旺，就有48万的欠款，加上利息更多。

老于说，近几年，庄户人的日子好过了，提留不用交，农业税不用交。不但不交钱，还从国家领种粮补贴，领老年补贴，特别穷的人家，还能领"低保"。自从实行了"新农合"，村民的医疗费多数报销。享受"低保"的人，报销比例更高，基本上不用自己花钱。有一个老病号经常住院，以前每次出院都是愁眉苦脸，现在出院欢天喜地。到了冬天，他贪恋医院的暖气，赖在那里不走，院方只好一次次催促。这天，他终于决定出院，去向医生道别，说过几天再来，让医生哭笑不得。

前些年，吃喝之风盛行。秀峪村书记王照龙会打猎，如果来了领导，他扛枪出门，很快拎回一只野兔，饭桌上就有了一样"硬棒菜"。后来，猎枪上缴，不许打野兔，他在招待方面很犯愁。经常的情况是：上午十点来钟，家里陆续来人，都坐在那里喝茶说话，等着吃饭。老王和老伴，要绞尽脑汁，弄出几样饭菜，才把他们打发走。

老王说，怎么也想不到，自从有了"八项规定"，他一下子解脱了。领导来了，谈事归谈事，谈完就走，干脆利索。家中清静，老伴清闲。

去年忽有一天，一位气质儒雅的中年人开车经过土地庙前，到秀峪村住了下来。他是县里派驻的第一书记，县政府督学武凯旋。

武凯旋来此发现，秀峪村竟然有半数以上的人姓武，而且是从他的老家迁过来的。他的辈分高，许多人叫他叔，叫他爷爷，对他多了一份尊敬。但是武凯旋很清醒，知道自己是秀峪村的第一书记，不只要为姓武的谋福利，更要为全体村民谋福利。于是，他了解民情，精准扶贫，让许多人家增加了收入。他利用上级拨款，在村前建起一座三层楼的游客中心，推动这里的旅游事业。他知道教育对于脱贫的重要性，联系企业家朋友资助贫困学生，想让一些人家彻底拔除穷根。

一位村民告诉我，去年冬天下大雪，武书记早早起床，把土地庙前的进村通道打扫干净，谁见了谁向他竖大拇指。我听说，第一书记住处有一台空调，但是夏天再热，冬天再冷，他也不舍得打开，就为了给村里省钱。武凯旋在村里住着，买菜不便，经常到山上拔点"棵棵子"

回来,聊作无菜之炊。

有的时候,武凯旋也觉得寂寞。去年腊月,我突然接到他的微信,是一张火炉的照片。他说,寒夜独坐,守炉读书,很希望找个人交谈一番。我说,我抽空找你去。然而,我杂事太多,久未成行,直到今年杏花开放。这时,他已经从第一书记变成扶贫工作队长,有两位中学教师来做他的助手。他陪我上山游览,陪我在村里转悠,让我认识一个个村民,像在介绍自己的亲人。

走到土地庙前,我说:你这位县政府督学,目前和这位神灵是同一个级别了。

他笑一笑:嗯,我们是同僚。

六、啐啄

我早知道这里有座透明崮,心向往之,在到达的当天中午,便让武凯旋带我和老伴去看。正巧他的姐姐、姐夫来此看杏花,也兴冲冲一起过去。

海拔474米,看似不高,登顶却颇费力气。沿着花径走上一段,前面山路陡峭,荒草萋萋。踩着瓦片一样的零碎页岩,每一步都迈过千年万年。

逆时间而行,我幽思浩渺。我捡起一片页岩看看,打量着里面的层层叠叠,心想,这是公元前的哪几年?那时地球上发生了什么事情?芸芸众生有过怎样的冲突与交流?它们肯定预料不到,后来的人类异军突起,散布于世界各地,在最近的几百年间将地球改造得面目全非。

老伴叫我一声,打断了我的胡思乱想。她指着一株幼桃说:你看,它自己跑到这里来了。

我观察了一下,这桃树只有一米多高,两三条细枝,却有十几朵花儿嫣然绽放。它的周围,都是山草与松树。它的同类则在山腰之下,离这儿很远。

它为何出现在这里,离崮顶只有百步之遥?答案只有一个:若干年前,有人登山,在此吃桃,将核儿随手一扔。雨露滋润,因缘和合,这儿就多了一个光鲜的生命。

武凯旋的姐姐,年过花甲,身体发福,一直走在我们后面。她胳膊上挎一个蓝布包,边走边呵护,仿佛里面有怕碰的物品。走到路途的三分之二,她喘着粗气说:你们上吧,我走不动了。遂坐下休息。

我们四人继续攀登。觉得热,便将外衣脱下,放在路边。因为轻装上阵,很快便到山顶。

此崮果然"透明"。崮的北半部不厚，底部有石头不知何时坠落，形成一条一米五见方、三米多长的通道。它像桂林的象鼻山洞，却小了许多；像青州云门山的"云门"，却又比它方正。

照相，歇息，接着攀上崮顶。往下瞅瞅，竟然发现武大姐也上来了。奇怪的是，她胳膊上还是挎着布包。等她来到我们面前，我问：你怎么不嫌重？把包放在下面不好吗？

武大姐笑一笑：包里有好东西。说罢，将包打开。

我探头看看，大吃一惊：里面竟然是两个碎裂的鸡蛋，两个小雏鸡正"唧唧"叫着破壳而出，身上的毛还湿漉漉的。

我问这是怎么回事。她告诉我，今天诸葛镇逢集，他俩先在集上逛了逛，发现有卖毛蛋的，就买了一些打算带给包村的弟弟吃。毛蛋，本来是小鸡还没出壳就在里面死掉了的那种，她却听见蛋堆里有声音。检查一下，发现有两只鸡蛋已经开裂，里面的小鸡正啄壳，就把它放进提包，带在身边。

这个奇遇，让我感叹。宋代大学者张君房在他的《云笈七签》中讲："体地法天，负阴抱阳，喻瓜熟蒂落，啐啄同时。"古人以为,孵鸡时鸡子将出,在壳内吮声,谓之"啐";母鸡帮它啮壳,称为"啄"。"啐啄同时"后来成为佛家用语,比喻机缘相投或两相吻合。

我看着两只小鸡想,你们今天同时在"啐",那么,谁在"啄"呢?

我抬起头来,感受着融融春光,看看山里山外,似乎听到了另一种"啐啄"之声。

我暗暗庆幸。我默默祝福。

蒙山萱草

我是在不经意间看见她们的。

2005年8月16日,蒙山脚下异常燠热,顶巅却是一片清爽。我随众人看罢九龙潭、鹰窝峰等景点,登上海拔1156米的龟蒙顶,又凭栏临涧,在习习凉风中远眺伟人峰。低头的一瞬间,目光突然被一片明艳的花朵吸牢。

我不敢肯定自己的判断,便问当地文友:"这是黄花么?"

文友说:"我们这里管它叫金针菜。"

我这才想起,黄花是我家乡的叫法。我也想起,除了黄花和金针菜,它还有好几个名字:鹿葱、宜男、忘忧草、萱草。最后一个,是最标准也最通用的。

但我一直叫它黄花,那是母亲教给我的。

自然灾害时期的那年夏天,母亲在家里实在找不出吃的,就领着五岁的我上山剜野菜。她边走边说:"野菜有好多好多,你知道最好看的是什么吗?"

混沌未开的我摇摇头。

母亲说:"是黄花。"

母亲向我讲:黄花长在山里,叶,栩绿栩绿;花,娇黄娇黄。如果刨来几棵栽到院里,就能在家里赏花。花赏完了还可以吃,最好是用来塌煎饼,香喷喷的,甜丝丝的,可解馋了。我问她吃过没有,她说吃过,那是她小的时候,姥爷从山上采回来的。

那天我们上山后,却没能找到黄花,就连野菜也剜得很少,因为上山找吃食的人实在是太多太多。无奈,母亲只好撸了一篮葛叶,领我戚然回家。至今我还清清楚楚地记得,那天吞食煮熟后的葛叶,我的嗓眼儿经受了怎样的磨砺。

后来的几十年间,我曾经无数次享用过金针菜,但真正看见野生的,这还是第一次。母亲形容得对,它的叶子真是栩绿栩绿,花儿真是娇黄娇黄。它就生在龟蒙顶东侧,生在山涧的坡壁上。山风拂过,它们摇摇曳曳,像隐居在山中的一群道姑,轻挥袍袖呈逍遥之态。

是呵,蒙山自古以来是道教名山,这些萱草怎能不具仙风道骨。它别名"忘忧",莫非也因其承继了老庄风范?

可是,我在怔怔地看着它们的时候,并没有忘忧。我在牵挂着我的母亲。在蒙山之东,二百里之外,她偃卧病榻已达四个月之久。

心肌病。很棘手的一种。几次住院都不见效。我曾咨询过许多医学专家,在网上疯狂地查来查去,但就是找不到一种好的疗法。听说莒县有位中医治这病还行,就去那里就诊,让母亲喝起了苦药汤子。一天四包,总重一斤六两。每当伺候她喝药,我们兄妹心里都很难受。

最让人难受的是她日渐严重的痴呆。母亲从前十分聪明,没上过几天学却能读书看报。近几年脑血管慢慢淤堵,就让她变成了一个半傻,大事小事过后即忘。去年我把她带到日照,有一天上午看了正在海边举行的全国沙滩排球赛,午饭后帮她回忆,她竟茫然不知。今年夏天她在我家住过一段,可移住我二妹家之后却说,她不记得到过日照。

但有些事情还是没忘。今年我过生日时拨通二妹的手机,让她放到母亲的耳边,我说妈妈,今天是六月十二,你还记得是什么日子么?她说,记得,是你的生日。那一刻,我握着话筒热泪潸潸。

……孔子登临碑就在我的身后。老夫子说,他登上这座山,就把整个鲁国都看小了。我没有他那么宽广的胸怀,此时我的眼里只有萱草,心里只有母亲。

诗曰:"焉得谖(萱)草,言树之背(北)。"古人常在北堂种萱草,而北堂正是母亲的住处,于是就把母亲称为"萱堂"。

我从蒙山萱草上移开眼睛,抬起头来,向着远远的东方看去。因为,那里有着我的"萱堂大人"。

次日,蒙山笔会结束,我匆匆赶回了老家。到母亲床前叫了一声,她睁开眼睛说:"俺儿来啦?"说罢,艰难地撑起身来。

她坐定后问我:"你从哪里来的?"

我说:"蒙山。"

她问:"蒙山有什么?"

我说:"有黄花。"

她眼睛一亮:"黄花?那可是好东西。"

她向窗外看去,眼神飘得很远很远。

我知道,蒙山萱草在她此时的想象里,一定是艳极美极。

突如其来"人类世"

人类世。

我第一次读到这个词语,是在去年5月份的一个晚上。

那天夜间,我躺在客厅的地板上耿耿难眠。恍惚间,我的地铺成了地壳,地球有生以来的地质沉积在我身下一一铺陈。一个个地质年代,深邃、凝重、悠远、苍茫;地质学家在断层剖面砸下的金钉子,一颗一颗熠熠闪亮。寒武纪里的三叶虫熙熙攘攘;侏罗纪里的恐龙吼声震天;中新世里的古猿张牙舞爪;全新世里的人类昂首挺立……我作为人类的一员正在全新世里豪情满怀地行走,历史的尘埃突然从天而降,欲将我就地掩埋,制作为化石标本……

我坐起身,额上冷汗涔涔。

我对自己说,别想人类世了,打打坐,让自己入静吧。

然而,盘起腿来坐了半天,还是一念三千,浮想联翩。

其实，我的睡眠质量一直很高。自从十多年前我学会一种气功，每天晚上10点半准时打坐，坐上一会儿倒头即睡，大脑像断了电源的灯泡。重启大脑之光的是手机。它每天早上五点准时将我唤醒，让我开始一天的读书写作。

2006年底，我搬家后情况有了改变。因为新房子的卧室靠近马路，夜间经常被路上的声音惊醒。我拉开窗帘观察过，惊醒我的多是拉石头拉土的大车。它们吨位重，马力大，声音低沉有力，震得门窗玻璃瑟瑟发抖。

蒙蒙夜色中，这些车都在奔向同一个目标：位于城市东南的日照港。那个大港自二十世纪八十年代初开始兴建，三十年来一直用土石填海，造起了上万亩的码头用地。这个港的吞吐量曾在全国排名第九，2011年突破2.5亿吨，但发展的脚步依然不停。因为，有那么多的矿石、原油、木材、粮食要从世界各地运来，供中国人使用；有那么多产自山东、山西等地的煤炭要从这里运往外国和中国的南方，给那些地方提供能源和化学原料；有那么多集装箱要从这里出境，让外国人享受"中国制造"的物美价廉。

建设港口的渣土车却扰乱了我的梦境，让我不得不逃离卧室，到客厅里打地铺睡。没想到，客厅阳台的双层玻璃、一扇推拉门及一层门帘还是挡不住外面的噪音，我只好在推拉门里面又加了一层厚厚的帆布帘，才让睡神安驻，让我得以积蓄早起写作时必备的精力。

去年5月份的那个夜晚，"人类世"这个新词却像一辆渣土车，在我脑海里奔驰喧嚣，无休无止……从那一天起，"人类世"成为我大脑皮层的一份沉重堆积。

我是在网上读到那条新闻的：在伦敦召开的英国地质学会专题讨论会上，来自世界各国各领域的科学家共同探讨了一个问题："人类世"能否作为一个正式名词列入地质年代表。

我读过地史学著作，知道地质学家把地球形成后的历史分期，用宙、代、纪、世、期标明。人类生活的地质时期，是显生宙新生代第四纪全新世。而全新世是在一万多年前最近的一个冰川期结束后来临的，1885年的国际地质大会正式通过其命名。地质时期都很漫长，以Ma为基本单位，一Ma代表100万年，如晚白垩世，长达34Ma。而全新世的年龄仅有0.0115Ma，却有地质学家按捺不住了。因成功揭示南极臭氧空洞而荣获1995年诺贝尔奖的荷兰大气化学家保罗·克鲁岑指出：自18世纪晚期的英国工业革命开始，人与自然的相互作用加剧，人类成为影响环境演化的重要力量。因此，他在十年前首先提出了"人类世"(Anthropocene)的新概念。

在去年的这次专题会议上,由于科学家们争论激烈,"人类世"的命名未获通过。保罗·克鲁岑说:"虽然'人类世'未能最后确定,但在地球47亿年的历史上,人类从根本上改变了地球的形态学、化学和生物学,我们应该认识到这一切。"

有人评价:"人类世"这个概念的提出,是地质学上的又一次飞跃,其重要性不亚于板块构造学说的提出。

我认为,"人类世"这个概念,决不止于地质学上的意义,对于哲学、人类学、社会学、宗教学、政治学、经济学等等,它都是一个亟待重视的课题。

日照港原名石臼港,因建在原日照县石臼镇而得名。这里的海边有大片裸岩,上有多处臼状石坑,此地故称"石臼"。传说,石臼系舂米而成,舂米者一为渔家,一为岳家军李宝的部队。后者与金兵作战时,曾在此用"石臼"杵米。

我相信地史学的解释:在冰川期,厚厚的冰川覆盖了中国北方,海平面下降达130米以上,黄海的大片海床都成为陆地甚至是沙漠(日照民间有"淹了石河县、建起日照城"的传说,意思是古时有个石河县,被海洋淹没后,人们才建起了日照城)。后来,冰川消融,水滴石穿，坚硬的花岗岩上留下了一个个"石臼"。有资料显示，在青岛崂山，在连云港云台山，都有这种冰川遗迹。

在建港之前，人们在石臼海边会看到一些光溜溜的巨石，其中的"鬼动石"随潮自动，二石不停撞击，以小石块投入二石之间，顷刻粉碎。清朝光绪年间，湖北督粮道兼按察使、日照人丁守存在石上题书"天机鼓荡"四个大字。这些巨石，其实是古冰川漂砾。

这就是沧桑巨变。这些变化，都是"天机鼓荡"，是自然力所为。而日照大港的建成，日照新城的崛起，则是人力所为，时间只用了三十年。

不只是日照，在整个中国，这三十年的改变可谓天翻地覆，让许多地方面目全非。放眼世界，三十年间的改变也涉及方方面面。仅仅是人口，就由45亿增加到70亿。

三十年的时间，可以让这个世界以从未有过的速度发生剧变，可以在我的骨头上刻下三十圈年轮让我变老，但如果用地质学的标尺去打量，却是微乎其微，无法计数。

填海造陆，首要的事情是搬运。先用大量石头填起一圈围堰，再往围堰里面倾倒土石。日照港所用土石，一是来自采石场,二是来自新开挖的楼基,三是来自城中村改造的废墟。我单位的司机小刘,年轻时干了整整五年,一天到晚开着拖拉机往港上运石头。三十年来,日照不知有多少人赖此为生,甚至发了大财。

小刘的村子叫作明望台。传说,两千多年前,曾让滥竽充数的南郭先生闻风而逃的齐湣王,最后国运衰落,只好逃到了莒地。他在离海不远的地方筑起高台,建起行宫"罾王台"。后来这里成为一个村子,叫"明王台",再后来,又被人叫成"明望台"。

明望台,连同其他几个城中村,前年被日照市政府规划为中心商务区,一场大拆迁轰轰烈烈开始了。一座座农家院落,陆续变成废墟。那些旧砖烂瓦,破坛碎罐,毁损的家具,被遗弃的衣物,都被装上渣土车,运往大港,倾入海中。

如果天气晴朗,站在日照海边向东北方眺望,目光越过三十公里的湛蓝海面,会落到另一个热火朝天的填海工地上。那是去年开始兴建的董家口港。2010年青岛港吞吐量突破了3.5亿吨,而青岛市为了求得更大发展,决定投资120亿元,在与日照接壤的胶南董家口再造一个大港,几年后吞吐量可达数亿吨。与此同时,还规划了65平方公里的临港产业区和30万人口的临港新城。

那个填海造陆场面,让日照市的领导们感到头疼。因为那个港,与日照港在腹地与吞吐的货物种类上完全重叠。面对今后两港之间的激烈竞争,日照方面还是信心百倍:港口腹地的经济在持续繁荣,中国与世界的贸易往来日益频繁,我们怕什么?看吧,山西至日照的专用煤炭运输铁路即将建成,日照港将成为全国唯一一个拥有两条通向内陆腹地铁路线的沿海港口……

1977年的冬天,身为教师的我被公社调到"向阳岭战场"搞宣传。那个年代,农村每年都要掀起"农业学大寨"运动的高潮,搞一场农田水利建设大会战。在"向阳岭战场"上,相沟公社的上万社员集中到一起深翻土地,削高填洼,搬运大量土石方,整出了"人造小平原"和高等级"大寨田"。我的职责是写口号,办墙报,还充当"战地记者",采访那些战天斗地的先进事迹,一天三次向整个战场广而播之。可惜,工地上没有电,广播器械全靠电瓶带动,大喇叭响着响着,往往因为电力衰竭,声音渐弱、变没,让22岁的广播员小赵无比烦恼。

我那些父老乡亲对于土石的搬运,曾引起共和国领袖的赞扬。新中国成立之初,莒南县厉家寨的干部社员将本村土地整平,并建起一座小水库,毛泽东看了报上去的材料,欣然写下批语:"愚公移山,改造中国,厉家寨是一个好例。"引得全国许多地方都去参观。

人类对于土石的大规模搬运由来已久。金字塔、巨石阵、长城、皇陵……我们可以数算出许许多多的奇迹。然而,最具规模的搬运,却发生在这一百来年。最引人瞩目的搬运成果,是地球上出现的城市。石头、石灰、水泥、沙子、砖瓦、木料、钢铁、塑料……以不可思议的速度集中起来,让一座座城市雨后春笋一般生长出来。1800年,全球城镇化率只有2%;1900年,为13%;2008年,人类已有半数生活在城市。中国人直追世界潮流,不甘落后,2011年底,城镇人口占总人口的比重也超过了50%。在中国,城市化的热潮方兴未艾,就连中原上的一个村庄也大张旗鼓地宣布成立村级市。建设单个城市不过瘾,我们还积极打造"都市圈"、"城市群"、"城市带"。据说,到2050年,中国城市人口有望超过总人口的70%。

人类的大搬运,不只限于建筑材料,还有化石燃料、工业原料、生活用品、动物植物。人、牲畜、车、船、飞机……大搬运的方式不断翻新;公路、铁路、港口、机场……大搬运的设施日新月异。

人类的这种大搬运,估计会给未来的地质学家带来麻烦。他们如果不了解近年来兴起的"人造海滩",会对巴黎等内陆城市出现大片海沙感到困惑；如果不了解人类突然迸发的豢养藏獒的热情，会对青藏高原之外的许多地方发现藏獒骨骼感到不解；如果不了解中国的"泰山石敢当"习俗随着运输上的方便而发扬光大，会对许多地方出现泰山上才有的那种麻岩、花岗岩感到惊奇。

当然，大搬运也会给当今人类增加一些烦恼。

去年下半年，鲁南各地羊肉价格飞涨，据说是因为羊少了。羊为何少了？据说是母羊普遍流产。母羊为何流产？据说是吃了带毒的草。草上的毒来自哪里？据说是因为飞机打药。飞机为何打药？是为了消灭美国白蛾。

我在2006年搬家，是女儿的主张。她要把在新西兰出生的两个孩子送回来学几年中文，为了不影响我的写作，让我换房。我就把旧房卖掉，和女儿各买了一套新房，在一个小区的同一座楼上对门而居。这房子，有一套作我的书房兼卧室，另一套，由我老婆带着两个孩子居住。

去年、今年，两个孩子先后回了新西兰，女儿委托我们把她名下的房子租出去。信息刚刚上网，就有一帅哥找上门来。他报出单位名称，把我吓了一跳。

原来他是一家特大企业的员工。那家企业十年来将他们办的每一期杂志都寄赠于我，我知道该集团1938

年成立于香港,在香港和内地从事多个行业,现为全球500强企业之一。我到北京出差时,曾走过他们的置地公司大楼,楼前刻着公司名称的豪华石坊给我留下了深刻印象。

这家置地公司已经进驻日照,成为中心商务区的开发商之一。帅哥正忙于一件事情:在工地周围租一批房子给员工居住。他看中了我女儿的房子,当即签了合同。我和老婆刚收拾好,就有三个漂亮女孩拉着箱子过来,分别住进三个房间。老婆好奇心重,向女孩打听情况,原来她们都是公司白领,被抽调到日照搞开发,时间大约三年。老婆还问了她们的工资,那是一个让人羡慕的数额。

很快,明望台村的废墟被一圈广告围了起来。广告尺幅巨大,连接成墙,上面装有彩灯,到了夜晚专照自己。那些大幅图片,展示着该公司在香港、上海等城市建成的代表性项目,美轮美奂。广告上还有一条条口号,足以撼动小城民众之心旌:

74年全球视野,41座城市经验!
品质给城市更多改变!
把最好的献给日照!

我明白，携带了巨量资本和先进技术的他们，是重塑地球面貌的一支强悍队伍。

三位女白领住下后，我老婆发现，很快有男孩来追女孩了，送了一大抱玫瑰花，估计是九十九朵。她还了解到，花是送给一个女孩的，另外两个已经有了对象。

老婆后来看到，每个周末都有玫瑰花送到对面，这说明女孩还没应允。她评论道：人家工资那么高，长得又漂亮，不是谁能轻易追到手的。她还向我说：可惜咱们没有儿子，有的话，也让他去追！

说罢这话，她还打开门，做捧花状，毕恭毕敬地向对门走去，演绎想象中儿子求爱时的情态。

我哈哈大笑。

2003年11月，我为了创作长篇小说《双手合十》去普陀山参访。有一家寺院正为一位施主做为期七天的"水陆法会"。我看见寺墙上贴出的榜文，上面写有一长串人名，一长串车号，人与车都要通过这个法会求得平安。我数了数车号，有17个之多。

几年下去，全国汽车之增量，堪比盛夏蚜虫。我的家乡莒南，前几年还在"国家级贫困县"名单中，我今年回村过春节，发现街上汽车比比皆是。除夕之夜，我二姑家门口停了四辆小汽车，其中有价值50多万元的奥迪A6。大年初二，我的几个表弟都要出门，姑父早早准备了鞭炮，用竹竿挑着，每开走一辆车他就在车前放上一挂。都送走之后，姑父满面红光挥着手嚷嚷："俺家门口光停小轿车！大卡车还有好几辆，都开来放不开……"

五年前，我去上海参加一个会议。会标的背景，是分为上下几层、曲里拐弯的立交桥图片。毫无疑问，这充分显示了人类的骄傲与自得。但我在上街时发现，上海虽说有地铁、地面道路、高架桥组成的"立体交通"，走路还是非常艰难，连高架桥上也经常堵车了。

我有个朋友在一家大型电厂任职。他曾自豪地告诉我，他那个电厂，一天要吃掉煤炭两万多吨。这个数字让我发蒙。我记得年轻时用小推车运过煤，一车能装400斤左右，两万吨要装5000车。朋友说，应该用车皮计算，一车皮装60吨，一辆火车拉60个车皮，这就是说，每天至少要有五辆火车把煤运进那个电厂，并且全部烧掉。我还了解到，在山东省，就有近60家统调电厂，99%以上是火电机组。

几年前，网上就流传一张"夜晚地球灯光图"，是美国人根据卫星照片绘制的。上面，凡是"发达地区"，都是灯火辉煌。我知道，那些灯光，多是用地球上的化石燃料烧出来的。那些煤炭、石油、天然气，是由无数动植物的身体与精气神转化而成。多少"纪"、多少"世"的积累，却要在"人类世"里消耗殆尽。

陆地上的能源快采完了，人类就盯向了海洋，许多国家争吵不休，甚至大打出手。他们在争抢的过程中，懒得抬头看看已经破损了的臭氧层，看看正在急剧融化的冰川，看看正在上涨的海平面，看看正在塌陷的矿区地表。马尔代夫内阁成员戴着防水面具在波涛之下开会，提醒全人类关注海平面上涨的严峻事态；来自太平洋岛国的一位女孩拉维塔在2009年哥本哈根世界气候大会上哭诉，她想在自己的岛国继续生活并生下自己的孩子。然而，自称要负起全球责任的那个大国的元首，却一直拒绝往旨在减少各国二氧化碳排放量的《京都议定书》上签字……

苏鲁两省交界处的海域为海州湾。海州湾是中国著名渔区。我听岚山镇一位渔民讲，在二十世纪五十年代，每到渔汛，捕获量非常之大。他记得，岚山头的几个渔村曾经一天上岸55万斤面包鱼（当地叫老鼠鱼，现在商店里卖的鱼片多是用这种鱼做成）。街道两边全部堆满，却因为当时交通不便运不出去，最后只好弄到一起沤作

"腥肥",喂了庄稼。

1992年春天,我到日照市一个最大的对虾养殖场挂职。那天,副场长老安一时兴起,招呼人拉筜,我也去了。拉筜是一种最古老的捕鱼方式,先由两个人撑着小船将一张大网撒进海里,再由岸上的几十位劳力拽着网绠的两头把鱼货拉上来。老安说,过去那些置不起大船的都用这种方法,直到七十年代,每个渔村还都有拉筜队,一网拉个上千斤并不稀奇。但那天我们费了九牛二虎之力,拉上岸的只有几斤"烂船钉"(当地人对沙丁鱼的叫法),几团海蜇,以及三五只小蟹子。老安一边捡一边嘟囔:"完啦,这海穷得不治啦。"我抬头看看海上,那里是一条一条的渔船,机器声响成一片。有那样的阵势,能有大鱼游到海边吗?深海虽然还有一些大鱼,也经不起梳篦一样的捕捞啊。

现在的海州湾,渔业产量逐年下降。我亲眼见到,渔汛时有一些渔船停在港上,渔民蹲在那里发呆。问他们为何不出海,他们说,鱼少油贵,一出海就赔本,这营生怎么干?

在过去的5亿年,地球上已发生过五次生物大灭绝。大部分科学家都认为,目前已进入了第六次,物种灭绝的速度是以往几次的百倍乃至千倍。这次大灭绝,主要是由人类造成。

有人说过这样的话：人类对于地球系统的影响，就像地球被一颗小行星突然撞上。

读到这话，我猛地抡拳，让拳头撞上了我的脑壳！

人近老境，思乡心重。去年的一个秋日我揽镜自顾，看到头发黑白相间，呈"二毛"之相，遂写小诗一首："在外经年变二毛，听涛看海乐逍遥。几回梦醒睹残月，却忆村溪瓦片飘。"

写罢此诗不久，我回老家，想去村溪边继续追忆童年时光，却不料溪已无水，且被垃圾填满，尤其是那些肮脏的塑料袋招招摇摇，令人恶心。正站在那里枉自嗟呀，一位当年和我在这里戏抛瓦片的儿时伙伴说，地里的塑料纸更多，埋上多年也不烂，弄得地都不好种了。

二十年前，地膜覆盖技术刚刚推广，莒南一位摄影家拍了一幅片子，让我帮忙起名。见他拍的是铺满田野的白色地膜，不是诗人的我也犯了诗人的毛病，豪情激荡地说出了四个字："农家的海"。

万万没有想到，二十年后这地膜成了灾。地膜之下，化肥、农药的过量残余也成了灾。前几天有人提出抗议，国家农业部官员站出来讲，不施农药，就会出现饥荒。当然，不施化肥，也会出现饥荒。因为，中国需要填饱的肚子有十几亿之多。可是,化肥、农药继续超量施用,不单单污染了土地,还进入江河湖海,改变了水的成分呀。

农家的海,也是全人类的海。这海,是咸,是甜,还是苦呢?

对于人类世的开始年份,专家们意见不一。有人建议,以人类栽培植物为标志,因为从五千至一万年前农业发轫,即可清晰见出人类染指地质的指纹。有人认为,应从1784年瓦特发明蒸汽机开始,因为从那以后人类活动对气候及生态系统造成了全球性影响。还有人主张,应以1945年发现放射性同位素,标记核武器的发明为开端。

1869年5月10日,美国首条横穿美洲大陆的铁路砸下了最后一颗钉子。这颗钉子用18k金制成,它宣告了那条铁路的胜利竣工。此后,"金钉子"就被地质学家借用,指特定地区内、特定岩层序列中的一个专有的标志点,以此构成两个年代地层单位之间界线的定义和识别标准。1977年在捷克确立的全球志留系/泥盆系界线层型剖面和点,是地质学家砸出的第一枚金钉子。全球地层年表中应该砸下110枚左右的"金钉子",目前已砸下近60枚。在中国的"金钉子",已有10枚。

虽然"人类世"在去年没能正式命名,但这只是时间早晚的事情。目前,国际地质科学联合会已经组成一个专家小组,即人类世工作组,专门调研这个问题。再看看网上,这个概念已经广为人知,并且被普遍认同。

那么,区分全新世与人类世的这枚金钉子,究竟何时砸出?由谁砸出?砸在哪里?让我们拭目以待。

确定人类世下限,也就是表示"人类世"终结的,应该还有一枚。我祈愿,那枚金钉子千万不要砸在这样的剖面上:核爆炸尘埃落了一层,其中的人类及各种动物骨骼中,都能检出核辐射的踪影。

在一圈广告墙的后面,在大片废墟的中间,"钉子户"在作着最后的坚守与挣扎。市、区、镇三级政府,明望台村"两委"班子,与他们斗智斗勇,软硬兼施,演出了一幕幕扣人心弦的情节剧。

其实,鄙人直接参与过该村的拆迁。在中心商务区的规划刚刚做出、向村民做拆迁动员之前,具体实施这项"市长工程"的城市建设投资公司老总就找过我。因为我有个马姓文友,十几年前担任明望台党支部书记,至今在村民中还有些影响,老总让我做做他的思想工作,让他对明望台拆迁予以配合。我把这意向老马做了转述,他爽快地道:没有问题,我正盼着拆迁,多数村民跟我一样。

老马说的是实情。明望台的村西是烟台路,路西是美丽的银河公园,路南头是市政府大楼、人民广场和大型购物中心。这一片,用房地产商的语言表述,是"繁华尊贵地带"。然而一走进明望台村内,就等于完成了一次"穿越":如果不是街上停了几辆汽车,不是有一些穿着时尚的年轻人出现,那些用花岗岩垒起的平房会让人仿佛置身于二三十年前。有的年轻村民讲,"下了烟台路,回到旧社会"。拆迁后,他们每家能分到两套楼房,总面积180平方米,另外,老年人给老年房,年轻人给分户房,这两种房只交两千多元的成本费。如果将这些收益折算一下,每户差不多都有百万。

于是,多数村民痛痛快快签约搬家,只有一小部分村民惜墨如金。这一小部分,有的是企图得到更多利益;有的是房子没有合法手续,不能得到赔偿;还有的人,提出另外一些非分要求。于是,双方严重对峙,汽油桶和大砍刀频频亮相,拆迁只好暂时停止。

早早搬走的村民撑不住了,因为安置房延期建造,就意味着他们要多掏租房费。他们在租住的房子里,在网吧里,登录"日照论坛"频发帖子,指责这些"钉子户"自私,为了自己的利益坑害大伙,呼吁政府不能迁就这些无赖、"土蛋"。

我知道，政府此时是非常为难的。与"钉子户"的较量，搞不好会出大事，会葬送一些官员的前途。但是，城中村改造势在必行，来不得犹豫，更来不得退却。

地球人都知道，在中国，三十年来一直把"发展是硬道理"这句话奉为圭臬，各地区之间的比拼与竞争成为到处都在上演的壮观大戏。是呵，西方已经发展成那种程度，中国不发展怎么得了？

这种发展，当然会给一个地区、一座城市带来巨变，给民众带来福祉。二十年前，日照只有一路公交车，马路上连红绿灯都没有，而现在，海滨一带的景观能与国内外许多海滨城市媲美。2009年，日照市荣获"联合国人居奖"，是中国大陆继唐山、成都、杭州、包头、威海之后第六个获得此项殊荣的城市。

中心商务区是日照市区建设跃上更高品位的关键一着。如果半途而废，那是决不可以的。官员们迎难而上，精心运作，终于完成了这里的拆迁，而且没出大事。

就在明望台村的最后一批拆迁垃圾正要运往港口的时候，这里却突然出现了一座灵棚。白花黑幛，十分刺眼。

那是为司机小刘的舅舅搭起的。那位八十多岁的老汉，在老屋拆掉后，去离村很远的一个地方租房居住，但他没能等到住进新居的那一天。他临终时嘱咐亲人，他要回明望台，他的魂要从那里走。

按日照风俗，老人去世后要停灵三天。我想，老人如果真有灵魂，那他一定会在废墟中徘徊流连……

第三天，我在自家阳台上看到了送葬车队。覆盖着彩布篷的灵车上，播放着响亮的哀乐，后面的车上人却不多。后来我问小刘，马家是个大姓，送殡的人为何那么少？他说，一搬家，好多人下落不明，联系不上了。

前日在省城开会，回程走的是青兰高速公路。

出了济南，钻过一个个人造山洞，经过一座座桥梁，我在沂蒙山腹地看到了那一个个的"崮"。

那是一种很奇特的山。它顶部平坦，周围峭壁如削，峭壁下面的坡度由陡到缓，从远处观望，山顶像放了个瓶盖儿。因为这种山在蒙阴县岱崮镇最为集中，地质学家就将其命名为"岱崮地貌"。这是继"张家界地貌"、"喀斯特地貌"、"嶂石岩地貌"、"丹霞地貌"之后的中国第五大造型地貌。前些年，我攀登过好几个崮。其中的纪王崮，崮顶面积有4平方公里之阔，被商家开发成"天上王城"。

据我观察，那些平平的崮顶大致在一个水平线上。读过有关资料才明白，那个水平线原来是古生代寒武纪的海底。大量的生物骨骼与水中粒屑经过亿万年的沉积，才有了那个厚厚的地层。再经过亿万年的水流与风力的剥蚀，海底成为山顶，人和一些陆地动物在山间繁衍生息。在那些崮顶，在一些农家屋墙的石头上，经常有"燕子石（三叶虫化石）"被发现。

再往东北方向看，那里矗立着高高的沂山。离沂山不远，则有著名的山旺化石。临朐县志载："灵山东南五里，俗称山麓溪涧边有特别产物，曰'万卷书'，其质非土非石，平整洁白，层叠若纸，揭示之，内现黑色花纹，备虫、鱼、鸟、兽、花卉诸状态。"自1976年至今，这里发现的生物化石有十几个门类700余属种，其丰富性为世界罕见，"山旺组"就成了地质学的一个名词，专指中新世硅藻土地层。五年前我去参观时看到，齐刷刷的剖面上，最上面是耕地，耕地下面是黄土，黄土下面是火山喷发物玄武岩，再下面，就是包藏着无数生物遗骸的硅藻质页岩了。那"万卷书"的书页细细密密，一指宽的地方就有几十层之多，一层则代表一年。我用指甲掐住其中的一层想，这该是公元前多少年呢？在这一年里，地球上发生过什么事情？这湖中和湖边发生过什么事情？有哪些动物发动过战争，有哪些动物获得或失去了种群的统治地位？

书,紧紧地盖着,让我无法知晓。

在"人类世",地球上发生的许多事情却都有纪录:文字的与影像的;原子形态的与比特形态的。但是,在地史学上,主要是看地质沉积。

那么,人类世的沉积,该向后人展示怎样的造作之相?

青兰高速的东端是胶州湾。胶州湾上有一架目前世界上最长的跨海大桥。过了大桥往青岛市区走,要经过一段环胶州湾高速公路。那段路基,二十世纪九十年代用青岛市区的垃圾在海湾垫起,费了好几年时间。我的一个小老乡在那里拾荒,我去做过采访,写了一部中篇小说《青城之矢》。至今,我还清清楚楚记得那些拾荒者的满面灰垢和垃圾村里的非人生活场景。

我不知道,二十年过去,路基下的垃圾被压成了什么样子,如果掘出一块,能不能从中分析出二十世纪九十年代人类生活的某些习性与特征?

按照地史学的描述,地球上的沧桑之变是经常的,就拿华北地区来说,不知有过多少次陆海轮回。眼下,胶州湾的水域面积仅为1928年的66%,海中生物也在急剧减少。将来,胶州湾有可能变成"死海",再往后,还可能变成陆地。

我不知在干涸了的胶州湾里,在地球的另外一些地方,后人会发现什么样的沉积剖面?

其实,说"后人"并不妥。因为等到人类世结束,人类也许就不存在了。或许像消灭天花病毒的功臣、澳大利亚微生物学教授弗兰克·芬纳在 2010 年 6 月发出的警告那样,人类可能在 100 年内灭绝;或许再过若干年,人类并没有灭绝,地球却因为人类的造作或其他原因不能继续居住,利用高科技去了别的星球。

我想,如果那时地球还在,可能会有"后人类"或者别的外星智慧生命到这里"考古"。他们面对人类的遗迹,会表现出怎样的态度?

但愿是赞叹与心仪,而不是惋惜与默哀。

杨花似雪,忧思如霰

真叫一个壮观!

万里无云,艳阳高照,却下起了鹅毛大雪。不,那雪花比鹅毛还轻。一朵一朵,一缕一缕,忽上忽下,飘飘悠悠。我在老家的院子里站着,身上不知不觉就落上了许多。想起昔日的弹花匠,以身上沾满棉花为职业标识,我现在差不多就是了,手里只差一把弹花弓。到街上看看,妇女,小孩,突然都增了年纪,都是鬓发斑白的人了。人们相互观赏,忍俊不禁者有之,皱眉示烦者有之,切齿痛骂者亦有之。

因为杨花携带着种子,其终极目标是生殖繁衍,所以它们无论飘多久,最后都要落地。落在地上,又被风刮起,去墙根院角,去草丛里,聚合成团,像雪的堆积。过去抓来一把,捻一捻滑滑腻腻,攥一攥虚若无物。

"春风不解禁杨花,蒙蒙乱扑行人面","飞絮淡淡舞起,轻裳浅浅妆成","细看来,不是杨花,点点是离人泪"……想起了前人写杨花的许多诗句。我知道，诗中所写，可能是杨花，可能是柳絮，也可能是杨花与柳絮的统称。诗人们含情脉脉观花，哽哽咽咽吟咏，让这些东西寄托了无量情感，把它们打造成了古典美学的一个重要意象。

今天，我在家乡面对这场杨花雪，心间却生不出一丝一毫的美感。

在我的记忆中，家乡过去是没有这一景象的。阴历的四月天，会看到一些飘飞的柳絮，但不会太多，因为柳树只是广阔树海中的几朵浪花。更吸引眼球的，是紫色的梧桐花、楝花，黄色的栗花、枣花，白色的洋槐花，粉红色的合欢花……整个春夏之交，花飞花谢，斑斓多彩。

种种花事，皆成往事。今天在我家门口打量一下，除了院里院外有一些植株矮小的香椿、花椒之类，身材高大的乔木，除了我二姑的菜园里残留了一棵椿树，顶天立地者全是杨树，而且是清一色的速生杨。就是它们，制造了这一连数日的杨花雪。

不只是村里，村外更是如此。除了几处果园，沟边，路边，田间，地头，都是这种树木。

不只是我们村，在整个鲁南，整个华北，除了城市里栽植了多种绿化树和观赏树，别的地方几乎全是速生杨的天下。最典型的一个例子是，你如果在春夏两季从日照出发，沿日兰高速公路向西，一千公里下去，视野中的绿色，除了田野里的庄稼，除了山头上的杂树，皆为此君。

这是中国北方植被的一个重大变化。这个变化的完成，只用了短短二三十年。

要知道，这种杨树来自美洲与欧洲，并非华夏土产。是什么原因，让它们迅速占据了中国的广大地盘，改变了这里的颜色？

是它们的"速生"。别的树，十年八年才能成材，这种树，三年五年即可。别的树，即使成材也不能卖钱，这种树却能。最主要的用途是，用机器将树干削成薄片，用胶粘起，成为应用广泛的胶合板。在临沂市郊，这种小工厂有近千家，成为一个欣欣向荣的行业。就连速生杨的树枝也有人收购，据说是用于造纸。

于是，人们见缝插针，遍栽此树。没有缝的，便把原来那些不大能换钱的树刨掉，硬是弄出缝儿来。我家院子里原有榆树、梧桐，也被我父亲革了命，以速生杨代之，前几年卖过一茬，一棵能卖一百多块。还有一些精明者，将承包的土地栽满，放心地外出打工。这种林子基本不用管理，五年后伐掉，平均每年亩收入达四五百元，与辛辛苦苦种庄稼的纯收入差不了多少。

有了经济学上的优越，速生杨的扩张势不可挡。在生物学方面，它也强势得很。我听弟弟讲，速生杨的根系特别发达，欺树、欺庄稼特别严重，哪种植物与它为邻，只能甘拜下风，委顿不堪。

更可怕的是，速生杨进入中国，还带来了它的天敌美国白蛾。这种白蛾，破蛹成蝶后看上去很美，成蛹前却是一种长相吓人的毛毛虫。此虫来中国"殖民"，远离了西方的诸多天敌，气焰十分嚣张，好好的一棵树，几天内就被它们啃得秃光。而且，它的食谱广泛，不只是吃杨树，还把多种树叶列入菜单。有专家讲，美国白蛾对我国的入侵，其危害决不亚于森林火灾。因此，国务院办公厅曾专门下文，要求大力防治。于是，我的家乡父老经常看到，有飞机低空飞行，且飞且"撒尿"。前年还有一种谣言广泛流传，说羊肉涨价是因为母羊普遍流产，而母羊普遍流产，是吃了打过药的青草。

事已至此，我们不好责怪引进速生杨的主管部门。毕竟，固沙防风、增加收入的初衷值得肯定。然而，这种树对于中国的诸多改变，的的确确超出了人们的预料。

其实，求速生，求速成，这是一种时代病症。看看我们身边，谁不在忙忙碌碌？孩子们要快快成长，企业要快快做大，公务员要快快"进步"，地区要快快发展……别说一万年，就是十年也太久，只争朝夕！只争朝夕！

速生的东西，多是不结实，不精致。看看这种速生杨，木质疏松，哪里比得上槐树、榆树、椿树、柞树之类？现在农村建房，已经很少有人用它，因为它撑不了多久。再看它的表皮，只有一道道丑陋的裂纹，彰显着它的扩张野心，哪里比得上中国本土杨树的敦厚优雅？小时候常见的白杨树，光是树皮上那一只只眼睛似的图案，就让人浮想联翩，心生感动。

在杨花雪里站累了，看厌了，我见院子里落了一层，就摸起扫帚去扫。一边扫，一边想速生杨的坏处。

想着想着，喉咙突然难受，忍不住剧烈咳嗽。咳嗽了几下，气管痉挛不止，且有窒息的感觉。我忽然明白，这是杨花作祟。难道是我的腹诽被它察觉，它往我气管里塞上一朵，给我一点颜色瞧瞧？或者，要将我这老朽的身体当作新的殖民地，在里面种下一棵？

咳嗽不止，难受无比。我只好逃往屋里，好半天才慢慢平息。

捂着隐隐作痛的胸口向外看看，发现我刚扫过的院子，又落了一层白的。细细碎碎，像严冬里下的霰雪。

乍看如落霰，点点是忧思。

但仅仅是片刻，一阵南风刮来，那霰便不是霰了，又轻轻悠悠地去了墙根院角，像我的忧思一样没有分量。

鸡司一晨

近十年来,我习惯于早起写作。我将手机设定了五点的闹钟,每天由它叫醒,起床后喝一杯咖啡,打开电脑,一直写到八点。这三个小时,是我的"黄金时间"。

写作其实是白日做梦,特别需要安静,一有声响我就会被惊醒。那种从梦境中被强行撕扯出来的感觉十分难受:恍然,茫然,甚至头痛欲裂。

这天早晨,我正写着长篇,突然有了一个动静,让我再一次尝到了那个滋味。

是一声响亮的鸡叫:"勾勾喽——"

我抱住疼痛的脑袋想,这是哪里来的公鸡呀?头还没疼完,鸡叫又有了第二声。我到阳台上看看,一缕红红的曙色正从东面的楼缝里闪出来,我居住的小区里一个人影儿也没有,人们大概都在睡着。

第三声鸡叫,更加响亮地迸发在我的左上方,且在小区的楼群中引发了一连串回声。我抬头打量一下,估计那鸡是在左边单元某一户的阳台上。我想,有了这么个宝贝,我今天的"黄金时间"就报废了。

果然,鸡叫一声接一声,响个不停。

我惦记着电脑上亟待接续的半部小说,心中冒火。我想,这家人弄来一只公鸡干啥呢?当作宠物养着?这不大可能。很可能是乡下亲戚送来,让他们杀掉吃肉,他们却没有及时动刀。现在,它如此嚣张地大叫,严重妨碍了我的写作,这怎么能行?

正站在那里生气,前楼突然传来开窗子的声音。转脸一瞧,见一位穿着睡衣的中年男人露出半身,向鸡叫的地方高声吼道:"还让不让人睡啦?啊?"吼过之后,他将窗子"砰"地关上,走回房间。

我想,好,有他这一句就够了,那位邻居应该能够听到,应该管一管那只鸡的。

然而我回到屋里,鸡叫还是声声不断,没有收敛。显然,它的主人装聋作哑,放任自流。

这个早上,我再没写出一个字来。

第二天,我依旧被手机闹醒,于五点起床。因为顾虑鸡叫,心有挂碍,白日梦无法做成。不过,我从五点坐到六点,外面却迟迟没有动静。走上阳台瞧瞧,太阳已经从东边楼缝里露出脸来,曾经传出鸡叫的地方却悄无声息。

我忽然明白：那只鸡已经不在了。昨天早晨，邻居肯定听见了前楼男人的抗议，但他碍于面子，怕暴露目标，当时没去阳台捉拿，另找了个时间把鸡悄悄杀掉了。

我想起，唐伯虎曾用两句诗赞扬公鸡：平生不敢轻言语，一叫千门万户开。这只公鸡的命运却是：平生不知城可惧，一叫便上断头台。

又想起，小时在农村，早晨醒来听鸡叫，是多么享受的一件事情。"春三夏四秋八遍"，每一遍在我听来都是仙乐。当我长大成人，鸡叫又成了上工号，一旦听到，那就要起床干活儿了。

早已习惯了手机司晨的我，看着眼前高楼林立的城市，惭然，怅然，呆立了许久。

走走停停,皆是风景

来无所从,去无所着。
走走停停,看遍沿途风景;
来来往往,洗尽人世铅华。

记忆是什么

近读米兰·昆德拉的新著《被背叛的遗嘱》,听这位大作家讲,他曾经、至今仍然为福克纳的小说《野棕榈》的结尾感动。那小说的结尾是这样的:女人因流产死去,男人仍在监狱,被判刑十年;有人给他的囚室里苻来一粒白药片,毒药;但是他打消了自杀的念头,因为唯一能延长他所爱女人的生命的办法,便是把她保留在记忆中。

我没看过福克纳的这篇小说,但我在听昆德拉转述的时候不仅仅是感动,而是受到震动心颤不已——给记忆赋予这种功能,此情何情?!

记忆。记忆太重要了。时间如流水,一刻不停地哗哗流淌。然而在流过去之后,她潋滟的波光却在人脑中存下了,使人能够随时回眸已经过去的事情,这就是记忆。"忆昨东园桃李红碧枝,与君此时初别离",这是忆友情;"梦断香消四十年,沈园柳老不吹绵,此身行作稽山土,犹吊遗迹一泫然",这是忆爱情;"江南忆,最忆是杭州。山寺月中寻桂子,郡亭枕上看潮头",这是忆旧游;"四十年来家国,三千里地山河。凤阁龙楼连霄汉,琼枝玉树作烟萝,几曾识干戈?"这是忆国事。……阖目扶额间,多少死去的人,逝去的事,又在一个特殊的空间活转过来。难怪奥古斯丁曾这样惊叹:"我的天主,记忆的力量真了不起,太伟大了!真是一所广大无边的庭宇!"

那么我要问:记忆到底是什么?

心理学教科书告诉我:记忆是人脑对过去经历的事物的反映。但人脑——这块像豆腐一样白花花的物质——是怎样具备了这种神奇功能的呢?我用属于我的那块物质怎么想也想不明白。不光我不明白,就是专门研究人脑的科学家至今也没搞明白。他们虽然对记忆机制的探索付出了长期而艰巨的努力,虽然有了多种解释,但这些解释都还是一些稍稍有点根据的假设,不能作定论。

当然,唯物主义教科书早已讲得肯定:记忆是一种意识活动,而意识是物质的一种属性,是高度完善的物质——人脑的属性。这种属性的产生,是物质自身长期发展的必然结果。这种发展大体上沿了这样的轨迹:由一切物质都具有的反映特征性到生命物质的反映形式;由低等生物的刺激感应性到动物的感觉;由动物的感觉和心理活动到人的意识。对这种结论我曾经信过,我清楚地记住了许多例证:如记忆合金;如巴甫洛夫的那条狗;如猿猴的棍打树果。这是一条进化的金光大道。然而,当我得知一个人脑的总容量是美国国会图书馆(藏书一千多万册)的五十倍,而人一生用的只是微乎其微的一部分时,我又对那条金光大道生出怀疑。因为单凭进化,怎么会有如此力量使之如此超前!就像我这台电脑一样,人家早已给我留了几十兆字节的广大空间,而我只用一个小小角落打字却不知道其他的空间可以干啥。想到这里,我便似乎看见开辟鸿蒙之初,有两只不知来自哪里的手制造了许许多多的豆腐块,造完后分门别类:这种"内存"多少,是人的;那种"内存"多少,是狗的;另一种"内存"多少,是鱼的……打住,请原谅我对唯物主义的大逆不道。

但豆腐块的一部分用于记忆,这是确凿无疑的。就是这1400克左右的东西,装下了我们一生直接经历和间接经历的一切。美国著名天文学家卡尔·萨根在他的著作《布鲁卡的脑》中,写他参观法国十九世纪著名精神病理学家和人类学家保罗·布鲁卡当年用过的人体标本,无意间发现这个博物馆还保存了布鲁卡本人的脑，这脑及其切片正漂浮在一个圆筒瓶子里的福尔马林溶液中。萨根捧起这瓶子，发出了一段追问："捧着布鲁卡的脑，我不由得想要知道在某种意义上布鲁卡是否还依然在这脑子里——当他健谈时，当他宁静时，当他感伤时，他的才智，他的怀疑论态度，还有他出人意料的动作是否还在他的大脑里呢？当他在各科医师（和他洋溢着自豪感的父亲）面前，争辩失语症的根源时，胜利时刻的回忆能否依然存留在我面前的神经细胞的结构中呢？它是否还存留着他与他的朋友维克多·雨果共进晚餐时刻的记忆？是否还记得在一个月光辉辉的秋夜，偕同他手执一把漂亮雨伞的妻子，沿着伏尔泰河堤岸漫步的时刻？……"读到这里，我毛骨悚然，泪如雨下。

这是对生命深入到极致的追问。这是对记忆深入到极致的追问。

在某种程度上讲，生命就是记忆，记忆就是生命。

科学家对濒死体验的形容佐证了我的观点。许多死而复生的人在叙述那一刻的经历时都说，他们在通过像一条隧道那样幽黑、封闭的地域的同时，会像看电影一样看到他们一生中最主要事件的瞬间映像。在这个时候，生命和记忆便浑然一体了。

奇怪的是，有了这种领悟之后，我再看世上的活人时，看到的不只是血肉之躯，而是一个个特殊记忆的集合体了。我知道，就是在那些个动着的活物那里，有我看不见的纷乱如麻甚至沉重如山的记忆。这些年目睹了许多的死亡，在我看来，乡间的一具具棺材，城里的一个个骨灰盒，里面贮存的也全是记忆。还有那荒山野岭上的一座座坟茔更不用说了，那都是用记忆堆起来的呵！只是，这些记忆永远绝世，再也无法让活人得知了。

几年前在书店购得一本小书《问得心跳》。此书为美国1988年十大畅销书之一，书中全是一些稀奇古怪的问题，内容涉及信仰、生命、金钱、爱情、性行为等，很多题目令人深思，如："如果你知道自己几天之后就会死亡，你会有什么憾事？""假设谋杀一个无辜的人能消除世界上的饥饿，你是否愿意这样做？"等等。其中一个问题是这样的："如果你可以有一年的时间生活在绝对幸福之中，事后却对这段经历毫无记忆，你愿意这样吗？如果不愿意，为什么？"

当时，我面对这个题目想了很久。"一年的绝对幸福"，多么诱惑人呀！人生在世，追求的不就是幸福么？可是，这"幸福"之后却是寸渣不留，在你余生的意识里这幸福等于没发生过，你还要不要它？说实话，我拿不定主意。因为在我的观念里，只有留在记忆里的事情才是真实的，才是有意义的。既然连丝毫痕迹都留不下来（包括梦），那我还要这幸福干啥？

我知道，对这个问题的回答肯定因人而异，有人会作出相反的一种。但不管怎样，这里都涉及一个问题：记忆的意义。

记忆的作用是众所共知的：学习知识，延续文明，积累经验，推动实践……尤其是人类对于知识的代代传递，没有记忆是根本无法进行的。为了能使这种能力增强，人类不知耗费了多少脑细胞，从推广"记忆术"到推销"脑黄金"。我至今还记得历史教师教给我的记住马克思生日为1818年5月5日的"形象记忆法"：马克思一巴掌一巴掌把资产阶级打得呜呜哭。我无比佩服老师琢磨出的这一记法——又能让学生牢牢记住，又大长了无产阶级的志气，真是妙哉妙哉！这是学习。另外，对人生美好或丑恶事物的记忆也是必要的。美好的经历和成功、爱情、友情等装在心里，能让你充分体验生之美好，激发你生命的活力，滋润你的心灵。尤其是人到晚年，能够战胜那些平淡而无聊的时光的一件重要法宝，便是对年轻时愉快往事的回忆。而记住那些痛苦而丑恶的事物，则能让人更自觉地向善向美，让这个世界尽可能变得好一些。

记忆的反面是遗忘。正常的遗忘是人类的生理和心理所必需的。有医疗个案表明，一个人如果记忆出现异常，凡是经历过的事都不遗忘，那么他每天的活动都会充满混乱。强制的遗忘有时也是必要的。我们周围有许多的例子：一个人在生活中受到了严重刺激，他或她便万分希望能将那份梦魇般的记忆从头脑里清除掉，或努力地再不回想，或用麻醉品暂时消除。更为决绝地就干脆自己结束自己的生命——那便是一劳永逸永远消除了。可是，在他（她）的痛苦记忆消除了之后，其亲朋那里大概又会多出一份不愿有的记忆。

然而不该忘的就不能忘。也可以这么说：人类几千年的教育史，就是老师带领学生向遗忘作斗争的历史。看看大中小几个等级的学生们日复一日年复一年与遗忘所作的殊死搏斗，我真盼望着有那么一天，人类能把自己的天灵盖揭开，在里边装上这样那样的"卡"，从此便获得某项知识并根深蒂固。除了知识与经验，其他一些该记住的也要记住。别的不说，就说一对对男女经常向对方亮出的考卷："把我忘了没有"，便让人间有多少悲喜剧发生！

该遗忘的要遗忘，该记住的要记住。一个人是这样，一个民族也是这样,整个人类也是这样。一个民族记不得荣誉记不得耻辱,那就是一个没有脊梁骨的民族;一个民族记不得错误记不得恶行,那就是一个尚未脱尽野蛮的民族。同是有过侵略暴行的两个国家的元首,一个向被前辈人屠杀的冤魂碑下跪,一个向杀过无数人的祖上幽灵参拜,其两者品格之高下昭昭于天下。

人类的记忆之光应该投射得更为久远一些。近年来,世界上许多科学家都提出一个观点:地球上的人类已经存在过多元,文明曾一次次地出现,但都先后毁灭了,最后才出现了我们这一元。上几元人类的毁灭,其中就有由核大战引起的。这不是臆想,科学家是发掘出了证据的。例如,考古学家曾在巴基斯坦的印度河谷发现了类似古代城市的广大地区,而这些城市却没记载在我们知道的任何史籍中。在这些古城遗址挖出来的尸骸散布各处,其姿势都显示死亡突然来临,完全没有逃生的机会。但这些古城并没有发生地震的迹象,而且这些骨骸中含有足以与广岛、长崎原子弹死难者相比的辐射线含量。在伊拉克幼发拉底河河谷,考古学家们挖掘到几层古代文明的遗址:巴比伦文明,查尔丁文明,苏摩林文明,到了最底一层,竟挖出了一种类似熔合玻璃的东西。科学家们最初不知道这是什么,直到后来美国在内华达州核爆场留下了与其完全相同的物质，才知道这是核爆炸的遗留物。这证明，史前人类具有高度发达的科学技术，结果用一场核大战毁灭了自己。

对这种推断，我是相信的。"折戟沉沙铁未销，自将磨洗认前朝"。面对这些"前朝"遗留物，我们每一个关心人类前途和命运的圆颅方足生物应该警觉！

当然，我想上一元人类中也不可能缺乏有识之士，其大部分成员面对核武器也不可能不心惊肉跳，但大毁灭还是发生了。为什么？还是因为有人没看明白，尤其是那些首脑人物没看明白，结果在私欲或仇恨的驱使下点燃了那把毁灭一切的大火。

地球看得明白。她在她的皮肤下记忆了这个事件，目的不言自明。

我的同类有的会说：记也无用，连太阳最后都要熄灭的，操那闲心干什么？是的，我知道，太阳终究有它燃尽能量的那一天，据说它先变成白矮星，接着连同九大行星塌陷，塌陷，最后成为黑洞。但这是另外一回事。在太阳还在的时候，我们人类应该好好地存在着，存在得尽可能长久一些。

思考到了这一步，有人要问：等人类不存在、地球不存在、整个太阳系都不存在的时候，谁来承载关于它们的记忆?

我想,还会有这些记忆的承载者的。因为有宇宙在。她或别的灵物会记得,在某某空间、某某时间,曾经存在过一组以太阳为中心的星球,在那里曾经发生过什么事情。不过,这记忆的意义,就不是我们这种小小寰球上的小小生物所能理解的了。

写完这篇文章,我走上阳台想喘一口气,无意中向下一看,竟看见了这样一幅景象:在前楼的墙根,有一个老人孤独地坐在那里。夕阳的光辉照耀着他,凉爽的秋风吹拂着他,他却闭目捻须一动不动。我知道,此时此刻,这位老人正深深地沉浸在他的记忆里……

我转脸看一眼尚未熄灭的太阳,眼眶酸痛酸痛的。

阴阳交割之下

那个景象,是我在一九九四年底的一天首次看到的。

那时,南京《青春》杂志社邀请几位作家一起到广西参观游览,我也是被邀的一个。我们看南宁,走钦州,再越过北伦河到越南芒街一瞅,最后到了山水甲天下的桂林。在那里钻了几回溶洞,游了一趟漓江,便带着已饱的眼福坐飞机去上海。

我们于傍晚时分起飞。我正好在靠窗的座位,待飞机爬上一万二千米的高度稳下来,便扭头观赏起外面的景象。其时晴空万里,太阳在西天边矮矮地挂着,它的光线把飞机翅膀染得金黄金黄。再看下面,地表早已覆了一层淡白色的雾霭,田地不见,河流不见,村镇城市都已不见。这种雾霭,我坐飞机时已经见惯,也知道它的成因是地面上的蒸汽,但我心里却一直叫它"人烟",因为除了天上飞着的几分子,我的同类都正被它包裹着。"人烟"之上还有东西,那是一座座高山的顶部,此刻它们都被夕阳照得半明半暗、半黄半青，像神话传说里的海中仙山。

就在这时，我发现了一个奇怪的现象：飞机下面那块辽阔的大地，它的东半边不知什么时候变暗了。在那儿，山已不见黄色，整个儿变成了黛青；雾也不再显白，成了大片的暗紫。这片暗与西边的明的中间，有着一条十分清晰的界线，它从大地的一端伸向另一端，把大地劈成了两半。我忽然明白了：这条线，就是阴阳交割之线呀！

在我已往生活在地面上的经验里，夜与昼的交替是有过渡的。这个过渡就是晨与昏。而我在这里之所见，却没有过渡没有晨昏，昼与夜就这么紧紧地咬在一起。它们的牙齿，共同组成了一条长长的阴阳线。

就是在这个时刻，我平生第一次同时看到了昼与夜。

再仔细去看，我便看到了夜的推进和昼的退却。那条伟大的界线一点一点地西移，西移。夜的推进是那样的坚定，那样的沉稳。它西移，西移，一点一点地刮割着大地。当那条线到了飞机下方的时候，我甚至都能听见它发出的震彻环宇的轰响！

我的心被它震得战栗不已。

我知道，这条线已经存在了很久很久了，这种刮割已经进行了很久很久了。还是从混沌初开的时候起,它就遵从着造物主的旨意,一天两次,周而复始。它那么顽强地,韧性地,无以计数地,一遍遍扫荡着这个星球。它遏止了众多火山的喷吐,熄灭了遍地流淌的岩浆,制造出形形色色的生命……

生命。生命是出现在这种刮割之下最奇的奇迹。我曾读过那么多那么多的诗歌,但我觉得,哪一首也不如下面的"阶梯诗"更为壮观奇瑰:

界
　门
　　亚门
　　　纲
　　　　亚纲
　　　　　目
　　　　　　科
　　　　　　　属
　　　　　　　　种

……我这人中的一员,此时正坐在飞机上飞行。我的飞行与时光刮割的方向正好相反,我真希望我的飞机变成超越光速的飞船,能够沿着"时间隧道"呼啸着逆行,去寻找这众多生命的源头!我想亲眼看看,在开辟鸿蒙之初,生命到底是怎样产生的。是否真如有的人所说,就是由无机小分子到有机小分子,由有机小分子到生物大分子,再由生物大分子到生命诞生?能够新陈代谢、复制自己的第一个或第一批生命,到底是在地球上哪个地方哪一时刻出现的?在那个无比伟大的时刻,阴阳交割是否与别的时候有所不同?发生了那么重大的事件,在这个宇宙里有没有别的高级生物为之庆祝为之欢呼?我真想弄明白,真想。

但我知道我的愿望实现不了。你看,我并没有逃脱公元一九九四年十二月二十四日的第二次阴阳交割——当那条阴阳界线推进到西面的天地界线,大地变得一片蓝黑时,飞机翅膀上那缕金黄的阳光也悄然遁去。我明白,我此时非但没能逆着时间前进一步,反而被时间又割出了一刀!这一刀与以往挨的无数刀一样,深深地刻在我的骨头上,以此记录我的"天年",同时也显示着我生命里已经不算太多的余数……

天风呼啸,云舒云卷。我望着飞机外的无垠虚空潸然泪下。

不过,我的泪很快便停止了。瞧着西天边的光明一点点消失，我知道时间的脚步是谁也阻止不住的，它的强大是谁也抵挡不了的。慢说我这微乎其微的生命个体，就是一个物种又怎么样？回头看看，这个星球上曾经上演过多少场壮剧，譬如说三叶虫，譬如说恐龙，不都是曾经霸占过这个星球么？然而，它们最后还是被时光的刮割毁掉了。

当然后来又有了人。自从这条阴阳线将他们身上的毛发刮除殆尽，他们便成为这个星球的主人。与其他的物种相比，他们是多么聪明多么强大，仅仅是几千年的工夫，竟然能让地球改变了模样！"宇宙之精华、万物之灵长"，面对被自己改造了的世界，他们是多么自信多么骄傲！

可是，他们会不会重蹈三叶虫和恐龙的覆辙？

我想，这个担心不是多余的。且不说宇宙中充满玄机，说不定哪一天就会突然出现置人于死地的境况，就说人类的自身作为，也实在堪忧堪虑。

最可笑的是他们对于时间的态度。他们一方面哀叹时光的匆忙与无情，一方面又想让时光的刮割进行得快而再快，恨不能一天等于两天，一月等于仨月，一年等于十年！是的，他们的愿望实现了：在过去要许多年才能做成的事情，而今却不过须臾；这个星球变化之快，是一刻一个样子让人瞠目结舌。然而与此同时,他们也让这个星球一天比一天更快地毁下去。这种速度,差不多一天等于过去几十年了……

他们甚至还不满意夜与昼对他们活动的原有规定。有越来越多的人不屑理睬那条界线,阴阳颠倒。看吧,他们造出了那么多的光源,使夜晚亮如白昼。许多人在这些光源下陶陶然过着"夜生活"。有的人还不满足,还异想天开要搞个"人造月亮"挂在天上。那样的话,就真是没有昼夜之别了。

然而我们要清醒地想一想,人类对于时光的疯狂预支是否会付出沉重的代价。说不定,我们今天为之欢欣鼓舞的许多事情,实质上正在加速人类这个物种消亡的进程呢!

机舱内灯光已经变得明亮,窗玻璃上映了我的面影。我看着看着,忽然觉得十分奇怪——我感到这人十分陌生,竟认不出他到底是谁了……

飞机开始降低高度。眼见长江下游的城市群以璀璨的灯火显现出来,我知道,我已经重新落入"人烟"了。

是夜,我住在上海的亲戚家耿耿难眠。在辗转反侧中,我感觉到又一条阴阳线从东方而来,向我,向这个城市,坚定沉稳地推近、推近……

邂逅蟹群

1992年,我的主要经历是去日照市海边的一个地方挂职。

那个地方原是一片十分荒凉的海滩。十多年来,有一帮子人在那里苦争苦斗,建起了达五千亩之阔的对虾养殖场。我去挂职就是充当他们那儿一个可有可无的副书记。我这个在沂蒙山长大的人,乍到海边生活,许多事情都让我感到新奇,感到值得玩味。

邂逅蟹群,是在7月中旬的一天。午后开始下小雨,沥沥拉拉一直下到傍晚,我便一直躺在宿舍里看书。吃过晚饭,外边突然明亮起来。出去一看,哦,雨住了,捂了一下午的云层,终于在西天露了边儿。快要落地的太阳将光射进来,把一天云爪爪染了个醉红。那空气,也变得格外清新。

这个时候,是最应该出去走一走的了。踩着湿湿的沙子路,我向南门外走去。我打算像往常那样,沿墙外的小路走一个来回,然后再到海堤上坐着,一边看海听涛,一边随便想一些事情。

不料,我一出门就被眼前的景象惊呆了。

那是一大片蟹群。

天知道是从哪里冒出的偌多无肠君子!也不知几千几万只,密挤挤的,黑压压的,把我平时散步常走的小路全盖满了。一直到那条小路在百多米外拐弯没入草丛,也还没见那路面有露白的地方!正惊异间,忽觉院墙也不是平时的颜色,偏脸一看,好家伙,那上面大约一米半以下的地方,也全都挂满了!

我从来没见过这样的场面。

但这种蟹子我是见过的。它们多生活在海边有草的地方,据说是以草为食。其个头一般有幼儿拳头大小,壳与别种蟹子一样呈青黄色,唯一特别的是它们的两只钳爪特别粗壮,而且红红的,就像不小心插进了锅里,让水煮了一样。这种蟹子非常能跑,一遇见人就像小老鼠似的眨眼间不见踪影。而今天,它们却聚起了这么一大片,而且都一动不动,无论是地上的还是墙上的。它们在干什么?在学人类开会?要学人类发动战争?

仔细看去,又都不像。学人类开会,应有一个首领指手画脚,大家都傻乎乎地瞧着它;学人类发动战争,它们似乎也没分成相互对峙的两大阵营。只见这些小生灵个个都是同样的姿势：高举着两只红红的大钳，像举着两个熊熊燃烧的火把；两只杆儿眼，则定定地瞅着天空，十分专注、入神。我故意向它们走去，看它们作如何反应，奇怪的是，只在我走近时，我脚边的一些蟹子才慢慢地爬向一边，并不显得慌张。当我停住脚，它们又做出了与刚才一模一样的姿势。

我心里怦然一动：晚雨初霁，海天皆静，它们莫非是全体集合，在做一种什么仪式？

想到此，便有了些敬意，继而也想加入。于是我就蹲下学它们的样子，将两臂上举，曲起，两手呈铁钳模样张在脑侧，眼睛也向天空瞅去。

海天仍是静极。太阳已经落下，残败雨云携最后一抹醉红，在慢蔫蔫地向东退去。西边，是一片澄蓝，一片明净。

这情景很美。但美则美，我却觉得它不是蟹们这仪式所膜拜的。因为世界上的宗教，首先都是向真向善。

不了解这仪式的主旨，便也无法全身心投入，我便收回"两钳"，站了起来。

还是不打扰它们吧。我向这蟹群再看上一眼，回了宿舍。

让门敞着,再打开窗子,便有海风在屋里悠悠地走。在这种风里,我觉得头脑特别清爽,就摸起了下午没读完的书本。

才读过两页,却听窗台上有簌簌的声响。一看,原来是一只蟹子趴在那儿。

这是一只不很大的蟹子,体色黄黄的,正嫩。它趴在窗台上一动不动,就那么瞪着杆儿眼瞅我。我心里说,你们的同类正在院子外边举行宗教仪式,你怎么跑到这里来啦?莫非你们的群里发生了信仰危机?

这么想着,心里便忍不住发笑。再瞅那蟹子,它竟往前爬动几步,吧嗒一声,掉到书桌上了。到了桌上,似要证实我的猜测,便东东西西无忌地横行。我嫌它妨碍我读书,决定捉了它扔出去。谁想它竟加速一窜,去了与桌子紧挨的床上。待我跟了去捉,它却跟我玩起了流寇战术:我到南头捉,它跑向北头;我到北头捉,它又跑向了南头。恰如那少年人的调皮,就只差嘻嘻的笑声了。我受了它的感染,也不真捉,只是虚张声势与它嬉戏。

正这么玩着,忽见床上又多了一个,扭头一看,哦哟,何止这一个,桌上还有两个。看看窗上,还有三四个正向屋里窥视,再看看门外的地上,也有几个停在那儿。

我没想拒绝它们。心里说,你们进吧,愿进就进吧!

果然,窗与门两处均有进来的。屋子里到处都是它们弄出的声响。

书正在桌子上打开着。有一只蟹子爬上去,久久伏着不动,似要研究人类使用的这种符号。

我想起,对于汉字,各处的人都有不同的称谓。我的家乡父老称之为"蚂蚁爪子",在这海边,人们却叫它"螃蟹爪子",谁写字写得难看,便谓之"蟹爬一般"。此刻,我便有了一股冲动,想让这蟹也来写几个字。

于是,我铺好一张白纸,又倒了半碗墨汁。然后,我猛地捉住那只蟹,把它的爪子往墨汁里一浸,放到了纸上。实指望它能认真地为我写一些,谁想一放上去它就跑开,一放上去就跑开,好像要逃避什么。纸上是留下了一些墨迹,但星星点点地不成样子。

我便不再勉强,任它自由自在爬向了别处。

这时,屋里已有了十来只蟹子,它们或在桌上,或在床上,或在地上,爬爬停停,各得其乐。我呢,就坐在一张椅子上,瞅瞅这个,瞅瞅那个,欣赏着它们各自的模样与做派,让一些人的或非人的念头在心里浮云般掠过,让时间像穿过这房间的海风一样悄悄遁走。

终于,自己打的一个呵欠,把自己吓了一跳。我这才发现夜已深,该睡了。

蟹子仍在。我思忖了一下,觉得实在无法与它们同眠,就决定请它们出去。一个一个地捡,一个一个地扔到了窗外门外。

屋里终于净了,便决定关门上床。没料到,就在关门的那一刻,我听见了轻轻的一声"咯嚓"。停手去看,呀,在门与门框的夹缝里,竟有着一个淌了蟹黄的。我急忙道歉:"对不起,我不是故意的。"

那小生灵慢慢爬下来,定定地瞅我片刻,像原谅了我似的,又慢慢爬向了门外的黑暗中。

外面,涛声隐隐,海正在打着呼噜熟睡。

拜谒龙山

在我的心目中,龙山一直是圣地。

2006年的一个秋日,当我终于来到章丘城西的城子崖,站到那座原始土城堡模样的博物馆门前时,真是怀了朝圣般的虔敬。

我喜欢读史,对史前时代更感兴趣。我经常独自遐想:人猿揖别之后,人类到底是怎样一步步走入文明的。然而,书上告诉我的,除了神话就是传说。

幸亏有那些考古学者。是他们从荒野中,从地表下,将史前人类的遗留物一点点寻出,让它们说话。在中国,他们发掘了一系列文化堆积遗址,于是就有了河套文化、仰韶文化、大汶口文化、龙山文化等等。

在这些文化类型中,我最尊崇龙山。据学者推断,它相当于传说中的五帝时期。当时中华大地上万邦林立,而黄帝,颛顼,喾,尧,舜,凭借他们的德行与才能,威仪天下,四海咸服。就在这个时期,华夏民族开始生成,东方文明拉开了大幕。

《史记》中有这样的记载:"舜耕历山,历山之人皆让畔;渔雷泽,雷泽之人皆让居;陶河滨,河滨器不苦窳。一年而所居成聚,二年成邑,三年成都。"这话是说:舜在历山耕田,当地的农人都争着让起地界来;舜到雷泽地区去打鱼,那里的渔民也争着互让渔场;舜又到河滨去制陶,河滨陶工的陶器便制作得既美观又耐用。舜所住的地方,一年成村,二年成镇,三年就变成都市了。从这段记载可以看出,大舜的美德对人民的影响有多么巨大。关于历山的所在,史学家有多种说法,但济南的的确确就有一座历山,也有着关于大舜的诸多传说。历山离城子崖仅有几十公里,我不敢妄断这儿与舜有什么直接关系,但城子崖遗址的发掘,肯定是给我们提供了近距离感受"尧舜盛世"的绝好场地。

进入展厅,远古的气息扑面而来。石器,蚌器,骨角器,陶器,定型了几千年前的文化信息,一件一件摆在那里,让我触手可及。尤其是那些陶器,让寻常的泥巴有了美妙形体与灵魂,更让我心动不已。其中的鸟形器皿,一个个嘴巴大张,长喙突出,仿佛是古东夷人在歌颂鸟神先祖、歌颂天地之德、歌颂人类的进化。那蛋壳陶杯,"黑如漆、明如镜、薄如纸、硬如瓷,掂之飘忽若无，敲击铮铮有声"，真的是原始文化中的瑰宝。我伫立在它们跟前想，那些脚蹬转轮、手把陶泥的先祖们，到底有着怎样一份至柔至静的心性，才成就了这"四千年前地球文明最精致之制作"。

文字是人类文明伊始的标志。我曾在莒县博物馆见过陶尊刻文，那些汉字的雏形令人费解。无独有偶，我在这里也见到了相似的文字。那字刻于一个陶盆底部，七行十一个，无人能够诠释。中国有仓颉造字的传说，而仓颉是黄帝的史官，他造出字的那一刻，"天雨粟，鬼夜哭"。人的反应如何？传说中没讲。我想，不管造字者是一个仓颉还是一个集体，面对这项伟大的创造，先人们一定是千般惊喜，万般尊崇。后人的"敬惜字纸"，便是这一尊崇的具体表现。时至今日，习惯于用电脑打字的我见到那些刻文时，心中的膜拜冲动依然十分强烈。

走出博物馆，我看见了卧于夕阳金辉之下的那段城垣。讲解员向我们介绍，城子崖地势隆起，当地人称之为"鹅鸭城"，1928年暑期，当时身为清华学校学生的吴金鼎先生为调查东平陵故城，多次经过城子崖，他想，古时的人养鹅鸭为何还要建一座城？有一次，他看见了城子崖断崖上暴露的灰土和陶片，便将这发现报告给他的老师、时任南京国民政府中央研究院历史语言研究所考古组主任的李济先生,李济先生于两年后主持了城子崖遗址的第一次大规模发掘。1931年,梁启超先生的次子梁思永先生又主持了第二次发掘,还据此出版了中国第一部田野考古报告集《城子崖》。从此,龙山文化名扬天下,连一些西方人也收起了他们提出的中国史前文化源于西方的学说,开始毕恭毕敬地研究中华古文明。事实的确如此。日照市的两城也是典型的龙山文化遗址,1936年被梁思永等人发掘过。从20世纪末开始,美国考古学家与中国考古学家合作,又在那里考察了十年,我曾在发掘现场亲眼见到了写在老外脸上的仰慕与虔诚。

站在城子崖旁边放眼四望,那广泛散布着龙山文化堆积的田野里,农人们此刻正在忙忙碌碌地干活。这儿生产的"龙山小米",是我国四大名米之一。而在收获过"龙山小米"的土地里,新种下的麦子已经禾苗青青,预示着明年的稔穰。庄稼一季一季,人类一茬一茬,四五千年恍然而逝。看看从这里挖掘出的历史,再打量一下21世纪的世界,我想:与那时相比,人类有了哪些进步,又有了哪些退步?

抬头往历山的方向看,依稀听见大舜耕田的吆牛声、农人让畔的说笑声,似仙乐一样响在耳边……

在山旺读书

据说，那书是火山的杰作。

距今1800万年前，我们这颗在宇宙之炉里锻造出的星球还没有完全降温，岩浆到处奔突，火山比比皆是。在山东的临朐、昌乐一带就有一个火山群，且活动频繁。在每一次惊天动地的喷发之后，地貌都有不可思议的改变：高者为山，低者为湖。

这些湖，就是地质学上的"玛珥湖"。在附近火山的喷发间隙，它哺育着各个物种，成为生命的渊薮。那时，称霸于中生代的恐龙已经灭绝，新生代的一些哺乳动物"闪亮登场"。在这个有着湖光山色的地方，在这个被子植物极度繁盛的地方，"万类霜天竞自由"，构建了一个美妙和谐的世界。有生，就会有死。天上飞的，地上跑的，泥里爬的，水里游的，因各种各样的原因沉尸湖底，被硅藻沉积物所掩盖。那沉积物一年一层，恰似书页。突然地，火山喷发，漫天灰尘落下，汹涌的岩浆滚来,那本大书就被埋在了地下。

一直到中国人使用的线装书将要废除的时候,人们才发现了它。临朐县志载:"灵山东南五里,俗称山麓溪涧边有特别产物,曰'万卷书',其质非土非石,平整洁白,层叠若纸,揭示之,内现黑色花纹,备虫、鱼、鸟、兽、花卉诸状态。"至当代,农人们经常在耕耘时发现这种"石块",有关专家得知后纷纷前来考察。1934年秋,中国古生物学家杨钟健和卞美年教授访问山东齐鲁大学地质系主任Scott教授时获悉,临朐县山旺有保存很好的植物和鱼化石。翌年5月他来到山旺,除植物和鱼化石外,又发现了昆虫、两栖、爬行和哺乳动物化石。1936年杨钟健发表了关于山旺地层古生物的第一篇科学论文,从而揭示了"万卷书"的第一页,从此,"山旺组"就成了地质学的一个名词,专指中新世硅藻土地层。1976年,山旺硅藻土矿一位郭姓工人在采矿过程中发现了一具骨骼化石。他虽然没有多少文化,但意识到这是一件宝物,就用轻软的东西包裹起来,埋藏在屋后背阴的地下,后来交给了有关专家。专家鉴定后大吃一惊,原来这是我国第一件基本完整的鸟类化石!此后,这里出土的稀世珍宝一件接一件,相继在国际古生物界引起轰动。现在,这里发现的生物化石已有十几个门类700余属种,其丰富性为世界罕见。我国政府于1980年将山旺列为全国重点自然保护区，建立了化石保护管理所，成立了山旺化石博物馆，目前馆藏标本两万余件。1999年，国土资源部、国家环保局总局又将山旺定为国家级地质遗迹保护区，建立了国家地质公园。

我来到这里的时候，是公元2006年的深秋。这里早已灰飞烟灭，尘埃落定。那些当年喧嚣怒吼喷吐火焰的山峰静静地立着，连火山锥的尖顶也已被岁月抹秃，没有吐出去的岩浆大概早在火山颈管中凝成了六棱柱体岩石。山间的玛珥湖，也只剩下一块干涸的盆地，默默地承载着村庄、农田和树林。据资料记载，中国境内的火山约有900余座，其中绝大部分是死火山。在临朐境内有多少座，现在尚未查清，但肯定都已"死去"。

但它创造的那本大书还在这里。山旺国家地质公园陈列馆摆满了剥采来的书页。一片片薄薄的硅藻岩层上，清清楚楚地印嵌着古生物的形象。那些植物种类繁多，有苔藓、蕨类、裸子植物、被子植物以及藻类，其中的花、果、叶子清晰可见，甚至能分辨得出丝丝叶脉。动物化石更让人大开眼界，昆虫、鱼、两栖、爬行、鸟和哺乳动物，一个个生动亮相。鱼仿佛在游，蛇仿佛在爬，蛙仿佛在跳，鹿仿佛在跑。有一头母犀牛卧在那里，腹中还有一个没有娩出的胎儿,小犀牛尚未使用过的牙齿历历可数。还有会飞的昆虫,如蜜蜂、蜻蜓之类,不知为何在一瞬间身陷泥淖,连张开的翅膀都没来得及收拢就化作了永恒。最珍贵的当属祖宗辈们的"留影"。那山旺山东鸟,那三角原古鹿,那东方祖熊,那细近无角犀,那意外山旺蝙蝠,那古貘,都和它们的后代有着种种的区别,显示着造物主在那个时候的别样灵感。

陈列馆到了尽头,我却意犹未尽,总觉得这儿还缺少什么。对了,缺少的是人类的祖先。这儿莫说没有古猿,连其他的灵长类动物也一个没有发现。我想起,据科学家考证,在中国发现的最早的古猿生活在 800 万年以前。这就是说,在这部大书杀青之际,人的出现还是渺茫无期。我不禁要问:那时的世界,有着万千种生灵的世界,它存在的目的是什么?这一本不是以人类为"主人公"的大书,它的主题又是什么?西方有一位哲人说:"世界是我的表象。"那么,在还没有"我"的那个时候,这世界是谁的表象?

一头半岛原河猪向我张口露齿,似讥笑我的人类中心主义立场。我不好意思地笑一笑,换上尊敬的目光,去继续瞻仰那些地球上的元老。

看过陈列馆,我们来到了发掘现场。那是山沟里的一个深坑。齐刷刷的剖面上,层层叠叠,叠叠层层。最上面的是耕地,耕地下面是黄土,黄土下面是火山喷发物玄武岩,再下面,就是包藏着无数生物遗骸的硅藻质页岩了。

我走进深坑,走近了那赫赫有名的"万卷书"。因为是直上直下的剖面,这书没法掀开,我看到的只是书本的一侧。仔细看上去,书页细细密密,一指宽的地方就有几十层之多。公园负责人介绍说,一层就代表着一年,相当于树木的年轮。我用指甲掐住其中的一层想,这该是公元前多少年呢?在这一年里,地球上发生过什么事情?这湖中和湖边发生过什么事情?有哪些动物发动过战争,有哪些动物获得或失去了种群的统治地位?有哪些动物生,有哪些动物死?

书,紧紧地盖着,让我无法知晓。

我抬起头来,向天空望去。我似乎看见,历史的尘屑纷纷扬扬,一年一层的沉积仍在进行,不过,这种沉积都被人类用"公元"二字标识得清清楚楚。

我想,在历史的沉积中,我能够留下来么?

我知道,这不能。可怜而渺小的我,连当年的一个甲虫也不如。

农者之舞

在平泽湖畔下车,我第一眼就看见了那面旗帜。

旗色杏黄,在湖水之蓝与草坪之绿的映衬下,特别抢眼。旗形长方且竖立,古韵十足。哦,上面还有一行黑黑的汉字,用颜体写成,浑厚而凝重。

从平泽港之外的黄海上吹来一阵风,旗帜猎猎飞舞,让我看全了那些字:

"农者天下之大本"。

平泽市书艺协会会长李敏宽先生通过翻译向我介绍:这是平泽农乐表演,是一项韩国"无形文化财产"。

转过一个小树林,旗帜下出现了一片白。那是在作着表演准备的大群韩国农民。一律的白衣白裤,男人头上还系了白布条,女人头上则包了白布巾,至此,我真正见识了大韩民族的尚白传统。

鼓声咚咚响起,让我的心怦然共振。表演开始了。一位壮汉高擎杏黄大旗,引领众人绕场而行,载歌载舞。

男人们腰挂一双草鞋,手持各种农具;女人们头顶箩筐,或者水罐。他们走到观众面前,歌舞一通,而后男人们成一字阵,后退而行做插秧状;女人们则去旁边取下头顶的箩筐与水罐,忙于炊事。

田间的舞蹈甚是好看。男人们弯腰撅臀,连连下手,让人仿佛看到了整整齐齐的秧苗,看到了人与庄稼在水面上的倒影。唯独一位白胡子老汉不干活儿,只在腰间系一鼓,来回巡行,击鼓而歌。庄稼汉们不时直腰举手,热烈地和上一声或数声。插秧结束后,他们在田边歌舞一番,接着下田拔草,又是一人击鼓而歌,众人唱和。他们的唱词我不懂,但我听懂了歌声。我听得出,他们在赞美生养万物的土地,在表达身为农人的自豪——"农者天下之大本",还有什么事情比这更为重要呢?在中国,这句话被圣贤们反复说道,农人们则用自己的话语进一步加以诠释:"人生天地间,庄农最为先"——这是清末民初在山东流行的《庄户杂字》的第一句;"庄稼地里不打粮,百样买卖停了行",这是过去中国人都知道的一句谚语。是呵,如果没有了农业这个根本,人类世界还能够存在吗?

面对眼前的这群韩国农民,我心中的敬意油然而生。我向他们连连晃动大拇指,继而和着他们的歌舞节奏使劲鼓掌。

季节一晃而过,农人们开始收获。收获完毕,他们揩着汗水,走向田埂。女人们箪食壶浆,笑脸迎候。米酒,枣糕,该吃的吃,该喝的喝。家庭气氛,男女情感,农闲之乐,丰收之欢,尽在此时此刻。正观看时,白衣农人忽然招手呼叫,邀人共享。我们起身过去,接过男人手中的水瓢喝一口米酒,在女人们端着的盘子上取一块枣糕吃下,感觉自己就是他们中的一员了。

不知为何,人群突然骚动起来。四个男人脱掉上衣,赤膊而号,抬起了一个木头架子,架子上覆有白布单。架子前系一根长长的草绳,由一人牵引;架子后面,则跟了一群男女作痛哭状。我急忙去问翻译,翻译又问平泽市文化观光课长,这才知道农人们开始表演送葬场面。本来,平泽民乐有各种民间习俗的项目,今天只表演一项。

说话间,送殡队伍经过之处,有人掏出钞票走上前去,夹在那根草绳上,陪同我们的韩国朋友也有几人如此办理。我不假思索,掏出一张面值为一万韩元(合人民币50多元)的韩币效仿了他们。回到座位才问明白,这是给死者捐助买路钱。

此刻,送葬者的哭声更加响亮。有几个人,简直是捶胸顿足、呼天抢地了。这样的阵势,也让我心中戚然生悲。我看着他们的样子忽然猜想:这一群韩国农民,是在哭过世的亲人呢,还是在哭日渐凋敝的农业?

我想,如果真是后者的话,我愿陪他们一哭!

我读过一些材料,看过韩国国立民俗博物馆和民俗村,韩国农业那悠久而辉煌的历史,那完备的农耕文化、自给自足的农村生活,深深打动了在中国沂蒙山区出生的我。朝鲜战争结束后,韩国农业很快有了新的发展,尤其是自二十世纪七十年代开始的"新村运动",已成为农业现代化的典范,吸引了全世界的目光,中国各级政府曾组织过许多人前去参观考察。然而,当今城市化、全球化的浪潮汹涌澎湃,还是把韩国农业冲击得千疮百孔。年轻人背弃土地,不事稼穑,跑到城市里讨生活,已经成为社会潮流,致使许多村庄人去楼空,成为"老人村"、"无人村"。眼前这些民乐表演者,五十岁以下的寥寥无几;首尔已经是一千多万人的国际特大城市,拥有全国人口的四分之一,目前还在迅速扩张,这都是上述情况的有力证明。

全球化给韩国送来了低价的农产品,也给韩国农民带来了收入的下降。于是,他们奋起抗争,向国人大声疾呼不吃外国米、不吃外国水果、不吃外国肉,这就是所谓的"身土不二"。更激烈的行为,是此起彼伏的示威活动,是个别农民的自杀。2005年底,世界贸易组织在香港开会,900名韩国农民去那里示威,与警察发生激烈冲突,导致双方几十人受伤,给全世界的电视观众留下了深刻印象。

当然,韩国政府也重视农民的诉求,给农民捐助了许多的"买路钱"——实行高额农业补贴,以维持本国农产品的高价。这样,韩国农业勉强能够生存,却被人称作"温室里的花朵",总是难以承受欧风美雨的侵袭。

岂止韩国,在整个世界,农业几乎经受着同样的命运。前天我回了一趟家乡,站在村头看野外,哪有几个男女青年的身影?多数都外出打工去了。据媒体报道,我国2006年城市化率已达到43.9%,用不了几年,就能追上世界的脚步。世界的脚步已经迈到了哪里?至2007年,全世界城市人口已经达到33亿,在历史上首次超过了农村!

有专家劝慰我们说,没有人种地不用怕,这个世界上还有盛产粮食的地方,单单一个美国,每年出口粮食就达八千万吨,你只管进口就是。然而我们要看到,第一,我们没有充足的美元;第二,有了充足的美元也赶不上粮食提价的速度。2007年,世界粮价大幅度上涨,其中小麦价格上涨了137%。这样，我们就听到世界粮食与农业组织总干事雅克·迪乌夫在"世界粮食日"那一天哀叹："我们的星球有足够的粮食为所有人提供充足食物，但今晚仍有8.54亿男人、女人和儿童空着肚子睡觉。"我们在电视上就看到了这样的画面：在依靠进口粮食的海地，妇女们挖来一种泥土，做成饼子，让她的亲人们充饥，多余者则拿到市场上出售，一个泥饼竟卖到5美分。而在非洲、亚洲的某些地方，饿殍遍野早就不是什么新闻了。

农乐表演还在进行，农人们用幅度很大的身体语言，用悲怆意味十足的歌吼，继续表达着心声，发泄着情绪。而那面杏黄大旗，也被他们举得更高，"农者天下之大本"这一行字，也让我们看得更加清楚。

我忽然想起一则新闻：今年7月7日，联合国秘书长潘基文回到他的家乡韩国忠清北道阴城郡杏峙村，为当地题词时，他就写下了这七个汉字。

农者天下之大本！

我认为，潘先生应该把这面大旗扛到联合国总部，插到联合国会旗旁边，每到开会的时候就把它挥舞一番。

槿域墨香

在首尔参观景福宫,有一种置身北京故宫的感觉。那一道道大门,一座座宫殿,都体现出汉风唐韵。随处可见的汉字,更让我感到无比的亲切。看那门额上的大字吧:"光礼门","勤政门",魏碑体威风凛凛。"思政殿","交泰殿",楷书凝重浑厚。再看内宫里挂的字画,上面的汉字就更是仪态万千了。

也就是我参观景福宫的这天,2008年10月9日,勤政殿前的广场上要举行一场盛大的仪式,庆祝韩文字诞生565年。我们在上午看到的是彩排,大批韩国人身穿或红或蓝的古装在认真走台,电视台的人则在好几个机位忙忙碌碌,准备着下午正式演出时的直播。我知道,朝鲜半岛上的人从公元二三世纪就开始使用汉字,到了十五世纪,朝鲜王朝第四代国王世宗李祹觉得汉字笔画繁多,难以学习,另外,汉字也无法充分表现韩语的发音和感情,就决定创造一套新的文字。与仓颉看到兽蹄和鸟爪印而造出汉字的传说相仿,韩国人讲,有一天世宗看见阳光照在千秋殿的门上,那一格一格的门棂给了他灵感,他就召集文官学者一起研究,于是韩文字就产生了。这是一种表音文字,简单易学,便于书写,所以,韩国人民对世宗非常尊崇,现在面值最大的万元韩币上,就印着他的头像。

然而,尽管韩文字已经问世五百多年,但在那个以木槿花为国花、别号"槿域"的国度里,汉字依然被视作"文化"的重要载体,被一代代的韩国人所敬重、所使用。我在韩国国立民俗馆和韩国民俗村里就看到了许多的实例:从官方文书到平民信札,从大部头书籍到普通人家的春联。有一天,我们在平泽湖畔观看韩国民乐表演,一位老农在表演结束后,蹲下身抹平一方土,手写汉字与我"笔谈"起来。他说他叫孔锡凤,今年84岁。他问过我的年龄之后告诉我,他的儿子比我大,已经64岁了。我看着老人的白须白发,看着他面前写在泥土上的汉字,真像见到自家长辈一样,心中一片温馨。

最让我惊讶的是韩国当代书艺。在古代,韩国人从中国学去了汉字,也学去了书法艺术。王羲之、赵孟頫,都被韩国人当作书圣看待。近两千年来,韩国书法史也是辉煌灿烂,名家辈出,有些书法名人传到当代的作品,市场价达到几千万乃至上亿韩元（合人民币几百万元）。时至今日，韩国书法虽然多了韩字书法这一部分，用楷、草、隶、篆等各种字体把韩字表现出不同姿态，但其主流还是书写汉字。我们日照市五年前与韩国平泽市通航，随之也开始了以书画为主要内容的文化交流活动，两市书画展无论在日照还是在平泽举办，一进展厅，便是琳琅满目皆汉字，郁郁墨香扑面来。我曾经猜想，韩国书法家是不是为了与中国同行交流，才多写汉字的，然而不是，今年我和几位日照书画家去平泽，获赠《平泽市书艺人协会展作品集》，我一边赏阅一边统计了一下，结果是：集子中一共收录119件作品，有111件是写汉字的。要知道，这次展览，完全是他们办给自己人看的。

让我们欣赏一下韩国书法家所写的内容吧：

"花间酌酒邀明月，竹里题诗扫绿云"，这是平泽市书艺协会会长李敏宽先生写的，文人雅趣跃然纸上；

"风轻杨柳金丝软，月淡梨花玉骨香"，这是平泽市书艺协会前任会长安永礼女士写的，与中国古代才女们的审美取向何其相似；

"松下问童子，言师采药去。只在此山中，云深不知处。"书法家白宽钦先生写的是贾岛诗，传达中国古诗中禅的意境；

"空",比丘尼柳宝林写这个字,表达了一个佛教徒的世界观;

……

我通过翻译问李敏宽先生:你们整天写汉字,会不会读呢?他说:多数人不会读,但明白所写汉字的意思,不然,也就无法通过作品表达自己的情感。

是呵,看他们的作品,其风格大多能与所写内容相吻合,要豪放时便豪放,要婉约时便婉约,甚至作者的性情、好恶,都能从中窥知一二。

也有韩国朋友从写汉字开始,渐渐沉醉于中国文化,进而学习汉语,能听会写。在平泽市书法界,就有好几个人能大致听懂汉语,并念出一些汉字的读音。书艺协会顾问、首尔中央大学的退休教授朴锡俊先生,汉文化修养颇深,能轻松地与我们笔谈。他对中国书法的研究水平,让我惊叹不已:那天晚上,两市艺术家在一起挥毫泼墨交流书艺,朴先生有一幅字写的是"无量寿",那个"量"字与我们平时所见不一样,他见我在一边观赏,立即另纸写下一行字,说明那个"量"的写法出自米芾笔下。

我不大懂书法,但可以看出,韩国朋友们的艺术水准也达到了相当的高度,让人在观赏中获得强烈的审美愉悦，如饮韩国米酒一般惬意舒心。当然，他们写汉字，多是依照字典的标准笔画去写，惟恐出错，所以端正有余，活泼不足，尤其是草书，极少有人为之。他们觉得，真正了解汉字结构和书艺精髓的，还是中国书法家，所以当我们的人现场创作时，他们往往群起围观，拍手叫好。在韩国，多数妇女婚后不再工作，有的就学起了书法，因而女性书家甚多。她们在观摩中发出的赞叹声，让日照书法家们颇为得意。日照市书法家协会主席秦唐先生前年去过平泽，结识了一批韩国朋友。一位美丽的女书画艺术家这次没见到他，十分遗憾，特意准备了一个精美的礼品包，让我们带给他。这份礼品，我们并没有把它看作私人之馈赠，而是将其视为中韩两国艺术家为汉字而结同心的证物。

"云开万国同看月，花发千家共得春"。这是另一位韩国书法家高贤淑女士写下的句子。我想，古老而年轻的汉字，神圣而世俗的汉字，恰似高挂在东亚上空的一轮明月。那溶溶飘洒的月辉，便是弥漫于汉字文化圈的醉人墨香了。

城堡上空的蒲公英

我们一家是在端午节小长假去上海世博园参观的，第一天就为创造那里的日入园人数新高作出了贡献，成为五十四万六千七百分之五。瞧瞧园内随处可见的排队长龙，我们转来转去，始终也没鼓起勇气去当几个小时的龙鳞，只好去一些不用排队的地方聊慰眼球。

第二天再次入园，想想下午就要回山东，再不看几家像样的展馆太遗憾了，遂决定再苦再累也要排上一回队。那么，5平方公里的地盘上到处都是展馆，该去哪一家呢？正踌躇间，小外孙女指着一个方向喊了起来："我要坐缆车！"撒腿就往那边跑去。我一边追她一边看，原来那是瑞士馆，城堡一样的展馆顶上果然有缆车载人运行。到了那里，老伴带两个孩子在旁边等候，我和女儿则去长龙的尾巴梢上做了两个鳞片。

好艰难好漫长好焦急啊！父女俩慢慢往前蹭，先在龙尾，再到龙身，最后好不容易排到了龙头。等我们把那一老二少喊来,终于冲进展馆时,看看时间,排队已耗去了整整3个小时——还算幸运,听说有的馆排队下来是6个小时!

一边擦汗,一边沿着弯道走上去。进入大厅,只见有十几个瑞士人站在那里向我们微笑。仔细一看,原来那是一些和人体差不多大小的电子屏幕,触摸一下,其中的一位就会用标准的中文向你畅谈他对未来的展望和心中的梦想。在他们的身后,是用巨幕电影播放出的阿尔卑斯山。也许是银幕上的冰雪带来了清凉,我的汗水与劳累一扫而光。

两个孩子一直在寻找缆车,急不可耐。当我们走出展厅,沿弯道盘旋而下,来到另一座城堡模样的建筑里面时,孩子们立刻欢呼起来。原来这里正是缆车的出发点,6人一厢,一批一批腾空而起。坐上去之后,贴着城堡的圆壁旋转了几圈,眼前豁然开朗——我们居然来到了阳光照耀下的一片山地!

那片山地,是用泥土堆出来的,面积广阔且覆盖了植被。只见上面细草茵茵,杂花朵朵,令人心旷神怡。那些花草,我大多叫不上名字,只在它们中间认出了蒲公英。此刻蒲公英们还没有结出那种带尾翼的种子,正高擎着金灿灿的黄花,宣示着它们的野性之美。

缆车继续挂在钢轨上行进。它很低很低,甚至低到能让乘客的脚触到那些花花草草。与我们同车的两个女孩,索性把鞋脱下提在手中,嘻嘻哈哈地用脚丫逗弄那些花草。耳边还有轻轻幽幽的乐声,像马车上摇响的铜铃,又像山间吟唱着的溪水。

我们从草地上飞过,从几座山包旁边飞过,身下是红花绿草,头上是白云蓝天。我就想起:自己有多长时间没有这样亲近自然了?我日复一日、年复一年地生活在城市里,已经习惯了由水泥森林构成的沉重与压迫,习惯了由人声车声组合出的嘈杂与喧嚣,今天能观赏一番这样的美丽风光,畅畅快快地透几口气,真是因缘殊胜呵。

正享受着,陶醉着,缆车忽然拐了个弯,来到了一个口径极大的深井旁边。哦,这是我们出来的地方,这是城市的陷阱,我们又要回去了,我们身不由己。很快,我们落到城堡的底部,再次踏上了坚硬而冰冷的水泥地面。

走到墙边,我看着上上下下的缆车,看着井口边的花草,忽然想:瑞士人大概是用这个庞大的装置,在向我们讲述醒世恒言吧?

"城市让人类生活更美好",这是上海世博会的主题。这个主题,在几十次世博会上第一次提出,也就是说,159年来世博会首次以"城市"作为展品。是的,城市的的确确给人类带来了诸多的便利,让人类的生活变得更加美好,不然,今天世界上就不会有如此之多的人住进城市。可以说,城市是人类在地球上造出的最大的"物",它集中了人口,集中了财富,集中了政治、经济与文化的最大资源,是人类满足各种欲望的最佳场所。因此,城市也成为人类拜物教顶礼膜拜的对象。

然而,地球上的城市是不是越多越好、越大越好呢?

答案是:未必。

人类不能忘记了自己的本质。说到底,我们还是大自然在亿万年中哺育出的一种生物,城市在历史长河中只出现了短短的一段时间:1800年,全球城镇化率只有2%;1900年,13%;2007年,67亿地球人中已有一半以上居住在城市——如果有上帝的话,他也会为这200年的巨变而惊讶万分!人类用钢筋混凝土将自己与大自然隔离开来,将与大自然血肉相连的生命囚禁在灯光多于阳光、空调风多于自然风的地方,长此以往,人类的存在、发展与进化能不受到影响吗?从城市化突飞猛进的20世纪开始,我们已经看到了人类体能退化、生殖力下降、"城市病"越来越多等一系列严峻事实。再发展下去会怎样呢？别的不说，单是想到若干年之后，城市之外可能再无人类，我们就会不寒而栗！

然而，进入城市的人类已经乐不思乡了。拿我来说，如果让我离开城市，再回到自己出生并长大的农村，我肯定是不情愿的，我宁可呼吸着汽车尾气了此残生，也不愿到乡间忍受"寂寞与孤独"。于是，偶尔去乡间和大自然亲近一下，然后一边咒骂着城市，一边龟缩回城市，这就是我们这些伪君子的可笑行径。

瑞士人把这个展馆的主题定为"城市和乡村的互动"，充分显示了他们的聪明才智和忧患意识。我的感觉是：这个展馆既满足了我，也嘲讽了我。

离开展馆时，我回头看看在城堡上空招摇着的花花草草，心想：等到蒲公英的种子成熟之后，它们会不会借助黄浦江上的风，将瑞士人构思的这个主题传送到更远的地方，让更多的人了解并理解呢？